SIMPLEMENTE UN HÉROE

ExLibric

SERGIO CERA GUTIÉRREZ

SIMPLEMENTE UN HÉROE

EXLIBRIC

ANTEQUERA 2026

SIMPLEMENTE UN HÉROE
© Sergio Cera Gutiérrez
Diseño de portada: Dpto. de Diseño Gráfico Exlibric

Iª edición

© ExLibric, 2026.

Editado por: ExLibric
c/ Cueva de Viera, 2, Local 3
Centro Negocios CADI
29200 Antequera (Málaga)
Teléfono: 952 70 60 04
Fax: 952 84 55 03
Correo electrónico: exlibric@exlibric.com
Internet: www.exlibric.com

ISBN: 979-13-88079-85-6
Depósito Legal: MA 222-2026

Impresión: PODiPrint
Impreso en Andalucía – España

Nota de la editorial: ExLibric pertenece a Innovación y Cualificación S. L.

SERGIO CERA GUTIÉRREZ

SIMPLEMENTE UN HÉROE

Índice

Con gran cariño, amor y gratitud dedico este libro a mi esposa e hijos; a mis familiares, que contaban un sinfín de anécdotas; al pueblo en el cual nací, aunque viví muy poco ahí (Nacozari); a mis alumnos del Centro Educativo Burwalde y sobre todo a Dios, que nos da la vida y la capacidad de imaginar y hacer.

1

Por mis hermanos

Bien recuerdo ese momento, uno de esos inolvidables periquetes indelebles en alguna parte de mi encéfalo, relevantes momentos que se plasman como un fuerte sello para toda la vida. Por error habíamos ingresado a su territorio, habíamos intentado un camino más corto, pero no esperábamos esto; era un enorme toro negro y, por cierto, muy cornudo; sí que inspiraba respeto. Ignoro quién lo trajo hasta aquí o con qué propósito, pero ahí estaba. Él y yo nos miramos fijamente, retándonos uno al otro. Una suficiente y prudente distancia —para mí, desde luego— nos separaba. Él tenía la fuerza, pero yo la inteligencia y la tenacidad (al menos eso creo; hay animales que parecen demostrar más inteligencia que nosotros, los humanos). Él sentía que yo invadía su territorio. Yo solo sabía que a toda costa debía proteger a mis pequeños hermanos que se encontraban tiesos detrás de mí. Mientras mantenía su cabeza erguida y sus ojos fijos en mí, aquel furioso bovino comenzó a raspar la tierra con su pata delantera derecha, dejando una pequeña zanja en el suelo húmedo y lanzando bolas de tierra pegajosa con fuerza y hacia atrás. Rápidamente ordené a todos mis pequeños hermanos que se movieran despacio, pero sin detenerse, hacia la parte alta de aquel lugar, justo del otro lado de la cerca, donde estarían seguros.

—¿Y tú qué vas a hacer? —preguntó el pequeño Pochicho, que en realidad se llamaba Lorenzo, pero todos le
decíamos Pochicho.

—No se preocupen por mí —les dije—, yo voy a distraer
a este animal mientras ustedes salen y avanzan por la leña
y el agua que madre nos encargó llevar a casa. No me hará
daño, no se preocupen, lo tengo todo bien controlado.

Tales frases no eran del todo ciertas, pero esas son la clase
de palabras que dices en una situación así. No puedes ponerte
en pánico y asustar a todos; eso provocaría mayores dificultades. Había que mantener la calma a como diera lugar.

Mis hermanos avanzaron serena pero continuamente y, en
cuanto vi que estaban casi fuera del peligro, cuando les faltaba
solo un poco para salir… el duelo comenzó; saqué de mi bolsa
trasera mi pañuelo de color rojo, lo agité bruscamente hacia
arriba y hacia abajo. Eso hizo enfurecer al terrible animal,
pues comenzó a correr a toda velocidad hacia mí. Sería algo
muy torpe de mi parte si me hubiera quedado quieto, aunque el miedo casi me paralizó, pero no me rendí ante aquel
congelamiento que intentaba adueñarse de mis piernas. Una
pequeña piedra rebotó en mi espalda y quizá me pegó en el
nervio exacto, pues me activó; así que corrí. Hice mi mayor
esfuerzo; sentía el horrible soplido de su gran nariz taurina en
mi espalda. No sé si era mi imaginación o era de verdad, pero
no me interesó voltear para saberlo. Luego, sin detenerme ni
un milisegundo, giré hacia mi derecha; fue ahí que alcancé a
verlo de reojo, desde el rabo hasta la punta de su cola, la cual
se movía bruscamente en todas direcciones. Eso me indicó
que, sin lugar a dudas, aquel furioso anfitrión estaba muy

cerca de mí. Avancé exactamente hacia un pequeño voladero de unos tres metros de altura que daba lateralmente a un arroyuelo semiseco y arenoso. Seguí mi camino recto, pero continué provocándolo, agitando mi pañuelo rojo y, cuando casi me daba alcance, cuando sentía que sus cuernos afilados comenzarían a atravesarme… salté por aquel barranco; agité mis brazos y mis piernas, al igual que como lo hace una gallina cuando revolotea. Caí de bruces sobre la arena, di un cuarteto de giros y me detuve. Miré hacia arriba y ahí estaba, detenido, enojado y bufando como tren acelerado, pero vencido. Él no se atrevió a saltar.

—¡Ja, ja, ja! —le grité—. ¡Te he vencido, horrible animal, un chico de catorce años te ha vencido… Harry! No sé por qué lo llamé Harry, pero me agradó ese nombre para el fiero bovino. Por cierto, me llamo Jesús G. Vivo en Nacozari, un bello pueblo del gran estado de Sonora. Estamos finalizando el siglo XIX, al cual los más pequeñines le llaman «siglo equis, palito, equis».

»La mayoría de la gente de este pueblo trabaja en la mina, de la que se extraen algunos minerales, en especial el cobre. Aquí nos pasamos la vida andando, trabajando y trabajando. Pero trabajar no es algo malo; considero que es un regalo que las personas tenemos, siempre y cuando también descansemos. Los que tenemos salud debemos trabajar y, pues, como dijo el sabio: «el que no trabaja, que no coma».

»Oh, perdón, me perdí soñando despierto en mis explicaciones y me puse a hablar de otro tema. Aunque en este duelo vencí a ese horrible toro, yo sabía que no tardaría mucho en buscar el camino para llegar aquí abajo y seguir persiguiéndome; creo que le desagradé bastante. Fue entonces que pensé: «Mis hermanos ya están a salvo y siguieron el camino para ir por la leña y el agua, así que será mejor salir de aquí y alcanzarlos».

«¡Oh, allá están!». Fue mi primer pensamiento en cuanto los miré y entonces les grité:

—Hey, Pochicho, Joe, Mike, esperen un poco.

—Chuy, qué bueno que estás bien —dijo Pochicho—. Nos quedamos preocupados cuando vimos que aquel feo toro corría atrás de ti, pero hicimos lo que nos dijiste y nos retiramos. Por cierto, aunque me llamo Jesús, casi todos me dicen Chuy.

—Sí —dijo Joe—, antes de venirnos yo le lancé una piedra al toro, pero no alcancé a pegarle; estaba muy lejos. Si le hubiera pegado, lo habría desmayado para que te dejara en paz.

Todos nos reímos un poco; aquel enorme y musculoso toro apenas si hubiera sentido leves cosquillas con una pedrada. Luego, en mis adentros, me dije: «Ya entiendo lo de la piedra en mi espalda, la que me activó para correr». Pero me quedé con aquello dentro de mí; jamás lo externé con mis labios y no se los mencioné.

—Yo solo corrí para donde tú nos dijiste y no vi lo que pasó —dijo el más pequeño, llamado Mike.

—Lo importante es que estoy bien —les respondí—; fue emocionante vencer a ese enfurecido animal. Claro, él es más fuerte que yo, es más fuerte que todos nosotros juntos, pero no más inteligente, ja, ja, ja; esa es la manera de vencer a algo más fuerte que tú: con inteligencia.

Seguimos caminando un poco y, al llegar al río, llenamos un par de cubetas con agua limpia, exactamente donde un gran filtro de rocas la hacía ser agua muy pura y apta para beberse con toda la confianza. Un poco más adelante, por el mismo margen del río, que por cierto lo llamamos río Nacozari, estaba la leña que también deberíamos llevar a casa. Yo cargué sobre mis hombros aquel par de cubetas de agua, colocándolas en los extremos de un fuerte palo que usábamos para sostenerlas y equilibrarlas; luego, cuando llegamos a donde estaba la leña, bajé las cubetas e hicimos un buen fardo de leña ajustada con una buena cuerda.

Mientras elaborábamos el segundo fardo, algo extraño se movió bajo un grueso tronco que estaba a un lado, junto a nuestros pies. Fue ahí que ese sonido aterrador, fuerte, vibrante e intenso, bien conocido por nosotros, las personas de pueblo, se hizo presente. Ese sonido paraliza y, en un primer momento, no sabes qué hacer. Ahí estaba, una típica serpiente de cascabel. A primera vista se veía mediana, pero su cara era bastante fea y siempre mostraba constantemente su rápida y bífida lengua.

—Retírate, Pochicho —le dije serenamente, pues él era el más cercano.

—Despacio, no te muevas bruscamente, poco a poco —le susurré de nuevo.

Una vez que él estuvo fuera del alcance del ataque de la serpiente, procedí a tomar lentamente un gran palo que estaba junto a mí, aunque nunca perdí de vista al peligroso animal. Manteniendo la distancia, golpeé una roca que estaba a un lado del temible crotálido y, para captar su atención, inmediatamente la provoqué picándole directamente en su cara.

—Ven aquí, pelea con alguien igual de agresivo que tú —le dije sin pensarlo bien, pues no se me ocurrió algo mejor.

Tan rápida como su resorte natural se lo permitió, se abalanzó hacia el palo que yo agitaba, pero falló en su primer intento de clavar sus temidos colmillos; entonces seguí molestándola con insistencia para que me persiguiera, se alejara y dejara en paz a mis pequeños hermanos.

Y así lo hizo; de pronto, cuán veloz era, comenzó a desplazarse detrás de mí. Cuando se desenrolló por completo, me di cuenta de que era más grande de lo que imaginaba. Casi me volví a paralizar de miedo, pero aquel toro había sido un gran entrenador y, sin quererlo, ya me estaba habituando a ser perseguido por animales peligrosos. No podía ponerme a pensarlo mucho. No sé explicarlo del todo bien, pero como algo natural que fluye en mis venas, me moví a todo lo que daba. Bueno... la idea era cuidar a mis pequeños hermanos.

La despiadada serpiente, con su diminuto cerebro y su abundante veneno, decidió perseguirme; me di cuenta de que era rápida, pero no tanto como yo, ja, ja. Bajamos una pequeña pendiente y, cuando estuvimos a una distancia suficientemente retirada de mis hermanitos, la confronté un poco. Me detuve, me giré y la miré de frente. No sé bien cómo fue que sucedieron las cosas; quizá por el miedo muchas cosas se desvanecieron de mi memoria o por algún efecto hipnótico que aquel reptil producía; en realidad no lo sé. Pero aquella serpiente también se detuvo, levantó su cabeza a media altura (yo tenía entendido que solo las cobras hacían eso, y esta era una cascabel, pero qué importaba; no iba a ponerme a examinar las cosas como un biólogo en ese momento, más bien me pondría en modo militar; era necesario defender a los míos). Me di cuenta de que mi enemigo estaba en una posición perfecta; así que sujeté fuertemente el palo que traía en mi mano y… ¡zas! Le asesté un duro golpe lateral, justo en la cabeza. El palo se quebró y un buen trozo salió volando, pero lo logré; la horrible serpiente cayó desmayada. Al parecer aún no estaba muerta, aunque sí fuera de combate, así que tomé una roca de buen tamaño, que con mis dos brazos y manos apenas pude levantar, y la dejé caer con fuerza sobre la desconcertada cabeza del larguchón reptil. Fue el golpe final.

—¡Ayayay! —exclamé en mis adentros—, dos duros enfrentamientos, con dos distintos animales, y en un mismo día. Espero que sea todo por hoy.

Mi corazón aún latía acelerado, pero mi mente dejó de nublarse; entonces decidí regresar con mis pequeños hermanos.

—¿Están bien? —les pregunté a la distancia cuando los vi.

—Nosotros sí —gritó Joe mientras estaba de pie en lo alto de una roca; luego preguntó—: ¿Tú cómo estás, Chuy? A ti es a quien persiguió la serpiente.

—Estoy perfectamente bien —les dije—. Aunque, en realidad, mi corazón todavía latía horriblemente acelerado.

—Esa serpiente no nos molestará más. Puede ser que algún día nos encontremos con una pariente de ella, pero esta, que nos apareció por aquí, ya no causará más conflictos. Volvamos a casa. Seguro que nos están esperando; quizá a esta hora mamá ya esté con una gran preocupación.

De regreso, caminamos lentamente, pues la carga era pesada y quizá por haberme consumido mis energías en la lucha contra mi nuevo enemigo, Harry el toro y mi ya fallecida enemiga, la serpiente, me fue necesario reposar varias veces mientras cargaba las cubetas rebosantes de agua.

Conforme avanzamos, a cada segundo me fui sintiendo un poco mejor y ya después de unos minutos por fin llegamos a casa. El pequeño Mike, desde antes de entrar a la casa, no paraba de contarle a mamá todo lo que vivimos en aquel recorrido. Claro, todo lo contó desde su perspectiva, la cual era un poco diversa de la mía, pero eso era lo de menos. Entramos, coloqué las dos cubetas en su respectivo lugar. La leña se había quedado afuera, perfectamente apilada. Lavamos nuestras manos y nos sentamos a la mesa, la cual ya estaba servida con un delicioso plato de garbanzos cocidos que además contenían una buena mezcla de calabacitas, zanahorias y un poco del carraspiento chile de árbol. Para beber, mamá había preparado una bebida hecha de plantas que llamamos gordolobo. Sabía horrible; a ninguno de nosotros nos agradaba aquella singular bebida, pero mi madre insistía en que era muy saludable y buena para tener una respiración más libre, limpia y relajada. Sin que ella se diera cuenta, yo le agregaba una buena medida de azúcar y eso la hacía más tolerable.

Ese día fue un tanto especial, pero ya estaba en su ocaso y, por lo menos, mis hermanos y yo estábamos bien. Habíamos cumplido con la sencilla y rutinaria actividad de traer agua y leña a casa; pero para mí lo más importante era que mis hermanos pequeños estaban bien. Para otra ocasión en que sucedan cosas como estas, lo cual es altamente probable, tomaré más precauciones, lo prometo.

2

Por los indefensos

El nuevo ciclo escolar inició y, aunque ir a la escuela no era mi actividad favorita, debía asistir por obediencia a mamá y porque muy dentro de mí, al igual que el noventa y nueve punto nueve por ciento de los adolescentes (aunque nunca lo admitan), yo sabía que estudiar era algo bueno para la vida. Debo reiterar que no era mi actividad favorita, pues si me hubieran dado la oportunidad de elegir, mi respuesta hubiera sido un muy marcado «no». Para mí era más emocionante ser libre y explorar con completa libertad cada loma, montaña, barranca, río o cueva de nuestros alrededores. Pero agradezco infinitamente que madre, mucho más sabia que yo, haya ordenado con voz tronante:

—¡Vas a ir a la escuela, jovencito! No es opción. No te estoy preguntando si quieres ir, vas y se acabó.

Aquel día, todos mis pequeños hermanos estuvieron listos para caminar, cada uno cargaba con su mochila. En los pequeños Joe y Mike las mochilas se veían enormes, parecían hormigas con esa simpática bola trasera. Por momentos pensaba que era injusto que llevasen tal cantidad de cosas; nadie dudaría que se podían desmayar con tanta carga que llevaban, pero ellos dos eran resistentes, tenaces, casi tanto como una mula.

Ese primer día de clases en un inicio fue un día bastante común, pero de pronto las cosas cambiaron, pues mientras yo caminaba serenamente en el patio escolar, sentí por detrás un tirón fuerte desde mi cuello, alguien se había trepado a mi espalda y me hizo caer hacia atrás. En mi confusión, mirando a nivel del suelo, reaccioné y, al sentir la libertad de aquella carga, me levanté y vi a un jovencillo bastante pequeño en comparación con la mayoría. Aquel pequeño hombrecito que se trepó en mí vio mi rostro, puso una cara de asombro y entonces supo que se había equivocado de rival; me miró y, con voz fingida y altiva, simulando algo que no era, dijo:

—Pensé que eras el Cacahuate.

Fue ahí que cambió la expresión de su rostro, me miró con cierta fiereza y luego solo se fue sin siquiera pedir una disculpa.

¿Quién sería el tal Cacahuate? No lo sé, solo sé que aquel hombrecito me confundió y de alguna manera ingenua trató de infundirme una buena dosis de miedo. Yo me sentí un poco confuso, pero de ninguna manera sentí miedo, pues la apariencia de aquel confundido agresor no era para tanto; en realidad no inspiraba ni un gramo de miedo.

Los días pasaron y, una y otra vez, caminando por las calles del pueblo y por los patios de la escuela, me encontré al hombrecito valiente rondando por ahí, caminando de manera especial y llamativa, levantando y moviendo sus hombros como todo un guerrero conquistador y dando pasos firmes tipo militar. No pasó mucho tiempo para cuando me di cuenta de que su nombre era Ever. Fue una buena cantidad de ocasiones en que se le miraba molestando a los demás, pues ya fuera en las calles o en la escuela, tenía la mala costumbre de asustar e intimidar a otros; no importaba si eran niños o niñas, eso era lo de menos para él, justo como lo hace un tigre cuando camina por los senderos y varios animales se encuentran en derredor: todos le temen y huyen. Definitivamente yo no quería meterme en esos asuntos, pues, al menos en la escuela, yo no era el encargado de arreglar aquello. Además, mi estilo nada tenía que ver con el de algún guerrero histórico defensor de los débiles. Pero… ¿qué debía hacer? Este pequeño revolucionario cometía sus fechorías cuando los profesores o adultos no estaban presentes; era tan astuto que sabía en qué momento molestar y aprovecharse de los demás. Yo debía tomar una decisión rápida.

En uno de aquellos momentos, mientras yo trataba de asimilar la situación sentado bajo un frondoso árbol en las afueras de la escuela, Ever hizo tres grandes actos de maldad contra otros: primero, le arrebató a dos indefensas y juguetonas niñas hermanas llamadas Flor y Vanessa sus bolsas de refrigerio, las cuales contenían trozos de manzana seca, de esos que llamamos orejones. Aquello provocó que las dos pequeñas niñas se quedaran llorando desconsoladas; luego dio un fuerte empujón a un niño pequeño llamado Martín, lo hizo caer bruscamente al suelo en una parte poco lodosa y aún se rio de él. Pero lo que fue el colmo y me hizo actuar definitivamente fue que se paró frente a mis hermanos y frente a mi gran amigo, a quien le decíamos Gusabio (luego les diré por qué), y con una de esas caras de autoridad falsa los empezó a amenazar con que, si no le daban una de sus bebidas, que eran unos jugos, los golpearía.

Son esas cosas las que nos hacen actuar. Claro, en ocasiones actuamos torpemente, llevados por nuestros impulsos sin razonamiento y es ahí donde cometemos muchas tonterías de las cuales después solo nos arrepentimos, sin poder corregir bien aquella situación.

De cualquier manera, el impulso interno, la hermandad, la fragilidad de las niñas y la amistad me hicieron moverme y, esforzando mis huesos y músculos al máximo, me paré frente a Ever y le dije:

—No te atrevas a hacerles daño alguno, porque entonces… esta vez me atreveré a hacer lo que algún día mi padre me prohibió tajantemente que hiciera.

No sé qué fue lo que quise decir con eso, ni siquiera yo me entendí, pero en realidad funcionó, pues el tal Ever, aunque bravucón y valiente, se quedó paralizado, pensando y desconcertado. No se atrevió a cumplir sus amenazas, solo se retiró y, tratando de intimidar con una mirada agresiva, se fue sin jugo y sin decir algo más.

Logré arrebatarle las bolsas de orejones y las devolví a las niñas, cuyas lágrimas ya habían cesado. Al parecer nadie se había atrevido jamás a confrontar a Ever y eso le cayó de peso. Recordé lo que alguna vez leí por ahí: que cuando una serpiente constrictora se traga un gran roedor o algún mamífero, se queda serenamente adormecida y no reacciona muy bien. Eso le pasó al tal Ever: se tragó mi oposición, a lo cual no estaba acostumbrado, y se quedó bloqueado. Fuera como fuera, yo sabía que pronto volvería a intentar algo y debía estar preparado para ello. Ahora yo sería visto como su enemigo.

Pasaron los días y pronto se volvió a escuchar acerca de Ever, pero en esta ocasión no solo fue él; al parecer tenía su banda de seguidores que lo apoyaban en sus sucios actos de fanfarronería. Todos en la escuela y en el barrio comenzaban a verme como la posible solución para detenerlo. Definitivamente no me agradó esa idea, pero algo se tenía que hacer. Ever y su banda hubieran podido molestarme a mí también, pero por alguna razón, aunque molestaban casi a todos, conmigo no se atrevían a hacerlo. Eso fue lo que todos los niños del pueblo notaron y seguían recurriendo a mí para que los ayudara.

Realmente yo no sabía qué hacer. ¿Cómo enfrentar a alguien más fuerte que tú? (Yo ya sabía, pero de momento no tenía ideas). Ellos eran muchos contra uno solo.

Tratamos de denunciar la situación con los profesores y con algunos padres, pero ellos solo hablaban con Ever y le decían que se tranquilizara. No sé por qué no se daban cuenta de que chicos como Ever casi nunca entienden las palabras. Hay personas en este mundo a las que las palabras y las llamadas de atención les causan el mismo efecto que el frío a un oso polar; es decir, nada, porque ese es su hábitat, siempre viven ahí, así que no sienten el más mínimo remordimiento.

Fue en uno de esos maravillosos momentos de lucidez que me acordé de mi buen «amigo», Harry el toro, y decidí retar a Ever y a su populosa pandilla de aprovechados. Corrí a casa, tomé una manta y cuando volví les lancé el reto; sin titubeos les dije a la distancia:

—¡Hey, valientes!

Eso les hizo inflarse un poco más.

—Yo sé que ustedes son muy fuertes y que en la escuela y en el pueblo ustedes mandan, pero les tengo un reto.

—A ver, veamos qué es lo que tienes —dijo Ever con aires de altivez y sintiéndose el jefe, por lo tanto quien toma la palabra y también la decisión final.

Luego preguntó:

—¿Cuál es tu reto?

—Por acá atrás, cerca de la casa de don Ramón Guerrero, en uno de los corrales que dan hacia uno de los arroyos, hay un toro negro, cornudo y bastante feo. Los reto a entrar hasta el centro de su territorio, provocarlo y salir de ahí sin recibir daño alguno.

—Ja —se rio Ever con orgullo engreído y agregó—. No le veo el caso, ¿para qué serviría hacer eso?

Inmediatamente pude notar un nerviosismo en él, pues comenzó a expresarse con cierta timidez; además, su rostro se puso un poco pálido. Luego lo adulé un poco, tanto a él como a sus anexos, y le dije:

—Porque yo sé que ustedes son en extremo valientes. En todo Nacozari nadie se atreve a meterse con ustedes.

Luego fingieron que eso no representaba reto alguno para ellos, que ni siquiera lo intentarían, pues me dijeron:

—Eso no representa reto alguno. Dinos algo que valga la pena, como… cazar un jabalí sin armas, enjaular a un puma, ganarle unas vencidas al fortachón Pérez (el fortachón Pérez era un señor musculoso que vivía a una calle de la escuela y al que todos respetaban por su gran fuerza) o algo que sea realmente difícil.

Entonces decidí provocarlos un poco y, sagazmente, les dije:

—Ya veo, entonces no son tan valientes como pensé, ya me lo sospechaba. Creo que en realidad solo son una inútil banda de aprovechados y que solo se meten con los más pequeños porque saben que ahí no tendrán oposición alguna. Les reto a que me persigan y me alcancen, si es que pueden.

Entonces sí, aceleré lo mejor que mis piernas me permitieron. Yo no era alguien tan lento, aunque la velocidad no era mi mayor virtud, pero sabía que podría llevarlos a donde yo quería, con mi amigo… el toro.

—Si en realidad son tan fuertes y valientes, alcáncenme —les seguí gritando.

Eso realmente debió haberlos irritado mucho. Es probable que hasta les doliera el estómago de coraje, porque más rápido que un puma tras su presa comenzaron a correr detrás de mí. No perdí ni un segundo y seguí moviendo a prisa mis dos extremidades. Yo estaba bastante acostumbrado a brincar entre troncos y rocas; además, sabía agacharme y barrerme aún con buena velocidad para esquivar ramas bajas, así que esas eran mis ventajas.

Fue por esos caminos que hice correr a Ever y a su pandilla detrás de mí. La provocación había funcionado, ahora solo hacía falta que mi amigo el toro estuviera listo y de buen humor para ayudarme un poquitín con mi extraño plan.

Cuando llegué al cerco que nos separaba del respetable bovino, lo brinqué con gran rapidez; eso hicieron Ever y su banda también, aún teníamos buena distancia. Para mi mala suerte, el buen toro no se veía por ningún lado.

«¡Ay no! ¿Dónde estás, Harry? Necesito tu ayuda, espero que no hayan decidido llevarte a mejor vida justo en estos días», pensé.

Harry no se veía por lado alguno en aquel enorme corral cercado, así que no tuve más opción que seguir corriendo y tratar de escapar. Comencé a cansarme mucho y, al rodear una gran roca que se encontraba casi a medio corral… ahí estaba Harry el toro. Él estaba exactamente detrás de esa gran roca, estaba echado y descansando cómodamente; parecía que era su día de descanso. Qué bueno fue para mí haber sido el rival que lo venció anteriormente, pues en cuanto me miró comenzó a retorcer sus músculos y nervios faciales, porque su cara se hizo de mil formas. Ese día me di cuenta de que no solo los elefantes tienen buena memoria, también los bovinos recuerdan bien, pues Harry no me había olvidado. Solo un instante fue suficiente para que se levantara e iniciara su marcha contra mí.

«Eso está muy bien», pensé.

Luego lo volví a provocar y me persiguió de nuevo. Le haré la misma jugada que le hice anteriormente (al menos fue la idea que tuve). Pero antes de seguir mi camino le quise presentar a mis «buenos amigos», Ever y su pandilla. Así que tomé rumbo hacia ellos, pues ya se encontraban dentro del patio, habían brincado la cerca y, cual peces de río, habían mordido el anzuelo. Cuando me vieron siendo perseguido por Harry (aunque ellos no tenían idea de que yo lo llamaba así), se quedaron paralizados de miedo, no supieron qué hacer y se quedaron tiesos como un árbol en medio del bosque. Entonces decidí no lastimarlos e hice que Harry los ignorara un poco y me siguiera de nuevo al arroyo. Una vez más salté, pero esta vez fue una dura caída, pues el arroyo ya no solo tenía arena suave, sino unas pocas piedras también. Debo reconocer que me dolió bastante y decidí que jamás volvería a hacer eso. Aunque algo había cambiado: Harry no se quedó ahí mirándome y bufando como la anterior ocasión; esta vez había avistado nuevos invasores y decidió desquitarse con ellos por su nueva derrota.

Ever y su banda seguían en el mismo lugar, tiesos y observando cómo yo me debatía contra el fiero animal. Pero cuando Harry regresó para atacar a sus nuevos rivales, yo solo subí un poco y alcancé a gritarles:

—Suban a la roca, rápido, trepen hasta arriba, ya.

Reaccionaron a tiempo y para cuando Harry llegó hasta ellos acababan de ponerse a salvo. Por un par de segundos y no la libran. Eso sí, estaban literalmente acorralados y cuidadosamente custodiados por un fiero bovino negro, mi amigo, el buen Harry.

—No se preocupen —les grité—, Harry es más lento de noche. En cuanto el sol se ponga van a poder bajar y tendrán unos muy afortunados segundos de ventaja para salir corriendo del corral.

—¡Noooo! —me gritó toda aquella temblorosa pandilla de valientes, que ya no eran tan valientes y cuyo gimoteo comenzaba a escucharse hasta el centro del pueblo—. Ayúdanos a salir de aquí.

—Solo si aceptan el siguiente trato —les propuse.

—Dinos cuál trato —me gritaron desde la roca.

—Si dejan de molestar a todos los pequeños e indefensos niños de la escuela y del pueblo, con gusto les ayudo a salir.

Deberán no andar arrebatando la merienda de otros, ni asustando a los indefensos, ni aprovecharse de manera alguna de los demás. Pero tendrán que prometerlo, con la mano en alto. Si no lo prometen, no puedo ayudarles.

Aquellos chicos no querían sentir la humillación de haber sido vencidos, no aceptaban su inminente derrota. Desde mi perspectiva sentí que no querían aceptar el trato. Eso me parecía y en eso pensaba cuando mi buen amigo Harry, en un instante tan veloz como inesperado, dio un gran salto a la roca. Había intentado subir, pero afortunadamente para Ever y sus secuaces, las pezuñas de Harry se resbalaron en la roca. De ninguna manera lograría alcanzarlos. El enorme bovino cayó al suelo polvoso y dio un par de giros de costado. Sin embargo, aquel acto de valentía de Harry hizo reaccionar a los no valientes y, con lágrimas en los ojos, mientras sostenían su mano en alto, me gritaron:

—Sí, aceptamos el trato, dejaremos de molestar a los demás niños de la escuela. Sí, lo prometemos.

—No sé si creerles —les respondí con voz firme—, pero me voy a arriesgar. Prepárense, porque solo tendrán unos breves instantes para poder salir. Voy a llamar la atención del toro y ustedes aprovecharán para correr hasta las afueras del corral.

Hubo un momento en el cual pensé que debí haberlos dejado ahí. La gran mayoría de los chicos de ese estilo prometen mucho y solo transcurre un breve tiempo para cuando olvidan sus promesas y vuelven a sus pérfidas fechorías. De cualquier manera, mi intención nunca fue lastimarlos, sino solo hacerles ver que no deben comportarse tan vilmente con los demás.

Proseguí con mi ayuda y eché a andar mi casi improvisado plan para sacarlos de ahí. Yo sabía que Harry no caería en la misma jugada tres veces, así que decidí intentar algo nuevo. Saqué la manta roja, cuyo préstamo ignorado fue por parte de mi abnegada madre. Yo sabía que no se enojaría, pues esto era una buena causa. Me acerqué suavemente por el lado de la roca que me ocultaba de la vista de Harry y que a la vez daba hacia el arroyo; luego, a una buena distancia, comencé a gritarle a Harry:

«Hola, amigo, nos vemos las caras de nuevo. Solo pasaba por aquí y no podía dejar de saludarte».

Una vez que él me miró, comenzó a bufar más intenso que nunca. Eso me preocupó, pero ya estaba ahí metido de nuevo en problemas, así que no me podía retirar sin dar pelea y esta vez sería una pelea más intensa y cercana que las anteriores.

Agité mi manta roja y, a la vez, con nerviosismo pero con gran rapidez, le indiqué a Ever y a los suyos que aprovecharan la ocasión para salir de aquel gran potrero. Harry corrió de nuevo hacia mí, pero esta vez no hui; ahora lo torearía de frente, al igual que como acostumbran aquellos grandes rejoneadores españoles. Solo una vez los había mirado hacer eso; fuera de ahí, yo no sabía de técnicas ni estilos para torear, solo sabía que con los toros funcionaba. Noté que Harry era mayormente atraído hacia la manta y no hacia mí, así que mantuve mis brazos firmes y extendidos, moviendo torpemente la manta roja. Cuando menos lo pensé, Harry había llegado hasta mí y daba su primera embestida a unos cuantos centímetros de mis costillas; pasó de largo a gran velocidad hasta el otro lado de la manta, unos dos metros fueron suficientes para que frenara. Por suerte, mi útil manta no se rasgó.

El fiero toro dio un giro rápido de ciento ochenta grados y me preparé para una segunda embestida, más lenta pero más riesgosa. Pasó de nuevo; entonces decidí correr, al igual que las anteriores ocasiones en que lo enfrenté. En el momento no supe si fue buena idea o no, pero ya lo había decidido. Fuera lo que fuera que decidiera, no había tiempo para titubeos, así que seguí. Mientras Harry corría detrás de mí, decidí agitar la manta hacia mi derecha y ¡zas! Harry me alcanzó, o mejor dicho, alcanzó a la manta. ¡Uff! Qué bueno que la extendí. Luego me frené y tuvimos otro enfrentamiento cercano. Pero esta vez la manta se rasgó un poco; un horrible agujero apareció. Aquello le quitó confiabilidad a mi manta y noté que Harry fijaba su mirada más en mí.

«¡Ay no! —pensé—. Debo terminar esto cuanto antes».

Qué bueno que ya estábamos cerca del pequeño barranco que daba hacia el arroyo, aquel en donde antes salté; era justo en una parte más arenosa que aquella en la que caí antes.

En una de sus fieras embestidas, Harry alcanzó a rozar mi costado con uno de sus afilados cuernos. Eso me dolió, pero no podía quejarme, debía luchar hasta el fin; ahora era cuestión de vida o muerte. Mi manta estaba rota y eso no ayudaba, pero debía seguir. Entonces Harry tuvo una pequeña distracción y logré despegarme unos metros. Decidí jugarme el todo por el todo: me paré firme, agité más fuerte que nunca aquella útil manta, logré que Harry acelerara y dejara venir toda su musculatura contra mí; luego… todo acabó.

Harry dio una gran embestida y, después de uno de esos simpáticos brinquitos que dan los toros al levantar la cabeza, él mismo desbarrancó un buen trozo de tierra, con lo cual fue a dar a lo arenoso del arroyo. Esta vez fue Harry quien involuntariamente cayó. Pero no se preocupen, no le pasó nada: se levantó grandemente desconcertado y bramó con gran fuerza y coraje.

Yo no quería saber más de Harry por el momento, había sido suficiente; además, mi costado comenzó a dolerme bastante. Ever y su pandilla no podían creer todo lo que habían visto. Me apresuré a estar fuera de aquel bélico escenario. Cuando salí del corral, aquellos chicos no dijeron mucho, pero noté que me respetaban; eso era suficiente. Solo les recordé su promesa y, sin decir más, serenamente se fueron. Si cumplirían lo prometido siempre, no lo sé, pero estoy seguro de que, por lo menos en mi presencia, no molestarían a aquellos indefensos nunca más.

Una idea me pasó por la mente: «Gracias por la ayuda, Harry, vales oro». No va a ser fácil olvidarte, pues llevo tus marcas en mi costado.

3

Por los amigos

No solo tenía hermanos, compañeros escolares o vecinos con los cuales convivir y a los cuales, bajo extrañas y repetidas ocasiones, tuve que defender. También estaban los amigos cercanos, ya saben, esos con los que convives siempre, platicas, te enojas, trabajas, te comes una manzana y con los cuales, en algún día muy anhelado y libre, te sales a explorar. Pues bien, eso fue lo que hicimos un día de verano: fuimos a explorar un recién descubierto volcán de aire, al cual algunos de los mayores del pueblo habían ido a mirar. Se encontraba dentro del territorio de Nacozari, aunque a una suficiente distancia como para consumirnos todo el día.

No planeamos demasiado, pues cuando lo haces terminas observando tantos detalles que luego te desaniman de ir. Eso sin agregar el hecho de que las madres, aunque tan abnegadas y serviciales, siempre, con una gran voz de preocupación, están diciendo:

«No vayan a explorar, niños —aún nos siguen diciendo así—, puede ser muy peligroso. ¿Y si algo sucede? Mejor quédense en casa…»

Bien sabemos, todos aquellos que tenemos el privilegio de tener una madre, que ellas son siempre así, cuidadosas, pero en extremo. Mis amigos y yo decidimos hacerles a nuestras madres la solemne promesa de tener mucho, pero mucho cuidado y... parecía que funcionaba, pues al final accedían, aunque no con toda su casi invencible voluntad. Debo aclarar por qué no eran invencibles, pues si lo fueran, sería un hecho que nunca tendríamos el permiso requerido; así que, no muy fácil, pero accedían. Al final las vencimos.

Por cierto, no les he presentado a mis amigos. Les diré solo los apodos, pues revelan su único, irrepetible y talentoso carácter y estilo. Ellos son: el Gusabio Bustamante (les había prometido decirles por qué le decíamos así y aquí va). Le decimos así por su gran inteligencia tecnológica: sabe reparar todo y es capaz de inventar lo que sea. Pero, sobre todo, le decimos así por su estilo raro al caminar, pues parece que su espalda se arquea y se endereza a cada paso que da. Otro es el Pingüino López, también apodado así por su estilo de caminata; si lo pudieran ver al andar, nadie preguntaría por qué le dicen así, sería más que obvio. Además de que nunca tiene frío; aun en los días más helados solo usa una delgada sudadera y, si le preguntan que si tiene frío, siempre dirá que no. Y el tercero de mis más cercanos amigos es el Topo Acosta, por dos simples razones: está un poco ciego y tiene que usar unas grandes gafas con mucho aumento que le compraron en los Estados Unidos; y además es muy bueno para cavar. Eso sí, en el uso del pico y la pala nadie le gana, cava mejor que cualquiera. Lo trae en la sangre; muchos de los habitantes del pueblo dicen que es de familia, que así son todos ellos.

En aquella bella mañana salimos caminando. Cada uno de nosotros llevó consigo una mochila mediana y, en su interior, agua, algo para comer, una linterna, un cuchillo de mediano tamaño, por si se ofrecía, y alguna que otra cosa que a cada uno en particular se le ocurrió llevar. Caminamos rumbo al este, rodeando un poco el territorio de la afamada mina de Nacozari. Subimos y bajamos muchas de las lomas e inclinadas montañas que rodean nuestro bellísimo pueblo. Luego nos direccionamos un poco hacia el norte. Siguiendo los caminos y veredas perfectamente marcados, llegamos hasta una bella presa que nos permitió disfrutar de una pequeña refrescada de pies y cabeza en sus cristalinas aguas. Nos despojamos de nuestras botas y, con las manos, cargamos agua y remojamos nuestras acaloradas cabelleras.

Alcanzamos a notar que algunos peces emergían disimuladamente a la superficie, dejaban un gracioso globito de aire y luego se volvían a sumergir rápidamente. Entonces, a Pingüino se le ocurrió la brillante idea de pescar.

—¿Cómo vamos a pescar? —le pregunté un tanto inseguro—. No trajimos nada para hacerlo.

—Te equivocas —me replicó el gran Pingüino.

Y, haciendo una cara de esas que mezclan un poco de misterio con un poco de vagancia e ingenuidad, abrió su mochila mientras mordía suavemente su lengua, que salía hacia un lado, y, metiendo sus dos manos, un buen rollo de cáñamo con un par de anzuelos apareció. Estaba enredado en un pequeño palo grueso. Tan rápido como su agilidad le permitía, Topo se puso a cavar en el lodo a orillas de la presa, sacó un trío de grandes lombrices y se las entregó a Gusabio, quien con gran maestría las colocó en los anzuelos. Yo fui el encargado de lanzar la carnada hacia el agua. Admito que no me fue muy bien, pues no llegó tan lejos, a pesar de que muchas veces, cuando yo era más pequeño, vi a mi abuelo cómo lo hacía. Pero no importaba eso: el anzuelo con la carnada quedó en buen punto. Luego le pasé la caña de palo a Pingüino y resultó que solo hubo que esperar unos tres minutos para cuando picó el primero. Pero fue justo ahí que ocurrió nuestra primera gran dificultad del día.

Mi amigo el Pingüino se había movido unos metros hacia un lado y se había posicionado con firmeza (o al menos eso pensamos) sobre una enorme roca, a la orilla de la presa, en una parte sin inclinación; solo había caída directa al agua. Debido al poco balance que sus pies le daban, pues muchas veces los torcía hacia los lados (al igual que un pingüino), y al fuerte tironeo del aguerrido pez —pues era una trucha muy fuerte y de gran tamaño—, mi amigo se desbalanceó y cayó totalmente desequilibrado al agua. Había elegido el punto más profundo en la orilla de la presa y… él no sabía nadar, a pesar de llamarlo Pingüino (vaya ironía; poco después de esto pensé en retirarle el apodo, pues no estaba haciendo honor a un animalito tan insigne y tan magnífico nadador).

En un primer momento mis otros amigos y yo nos quedamos bloqueados, no sabíamos qué hacer. Pero la urgencia y la necesidad eran apremiantes, así que, cuando reaccionamos, me lancé al agua tan rápido como pude. Pingüino no dejaba de manotear y luchar, al mismo tiempo que tragaba agua y se desesperaba horriblemente. Entonces tuve que tomarlo de sus muy suficientes cabellos y, no entiendo cómo, pero logré moverlo unos metros más cerca de la orilla. De pronto sentí bajo mis pies un pequeño espacio firme: era una roca, oculta a nuestros ojos, pero presente por debajo, justo en el lugar ideal. Pude apoyarme y ayudarlo mejor. Las fuerzas se me fueron en un breve instante, pero se logró. Sentí una ayuda invisible aunque muy real; no puedo explicarlo, pero estábamos bien. Le grité a Gusabio y a Topo que me ayudaran y, entre los tres, logramos poner en suelo firme al inconsciente Pingüino. Se nos pasó un poco la mano, pues lo bajamos boca arriba, con su cara hacia el cielo, y quedó acostado en el suelo. Esa bajada fue… algo fuerte. Aunque fue en un lugar arenoso, fue una decisión ingenua pero afortunadamente correcta. Pingüino se nos cayó de sopetón —esa fue la realidad—, pues los tres nos confundimos pensando que los otros dos lo sostendrían. Al instante comenzó a toser fuertemente, echó para afuera una buena cantidad de agua y luego recobró la conciencia. Una vez que el miedo pasó, pudimos hablar.

—Qué bien que no te cortaste el cabello —le dijo Gusabio—. Si lo hubieras hecho, te quedas ahí y Chuy no hubiera podido sujetarte para sacarte del agua.

Cuando el peligro pasó y, cual viento pasajero, se alejó, solo nos reíamos como locos y bromeábamos acerca de aquella vivencia. Por cierto, el palo en el cual estaba enrollado el cáñamo se había quedado atorado entre unas grietas de la roca, así que aquel pez, por más que luchó, no se pudo zafar. Aguzando al máximo su visión, Topo se concentró y observó que el hilo seguía moviéndose y estirándose de un lado a otro; así que fue, lo tomó y, suavemente, haciendo uso de una técnica natural de pesca (según él nunca antes había pescado), lo trajo hasta la superficie y lo sostuvo con sus propias manos. La comida había llegado. Aquel gran pez nos había provocado un gran susto, pero ahora sería nuestra energía. Lo tomé en mis manos y pensé: «Lo siento, pececito, pero ahora tendrás que reparar el daño del susto que nos diste».

Un toro, una serpiente y ahora un pez. En un breve momento en que mi imaginación volaba y mi vista se perdía a la distancia, me pregunté en mi interior: «¿Qué animal sigue para intentar acabar conmigo?». De pronto volví y decidí no pensar en tal asunto. Era hora de preparar al fuego un delicioso pez.

Luego de una extraña hora por ahí, decidimos avanzar. Nuestra meta real no era la presa sino, como ya antes les había dicho, ir a conocer el volcán de aire de Nacozari. No era un lugar famoso fuera de nuestro pueblo; como saben, tenía poco tiempo de haber sido descubierto, pero eso sí, toda clase de mitos surgían y se decían acerca de él «que se tragaba a los niños, que se escuchaban voces de miedo, que en ocasiones salía aire caliente que rostizaba al que estaba de fisgón mirando al interior…», y esas cosas que inventa la gente, y eso que aún no era tan famoso. Pero ansiábamos mirarlo y verlo soplar, y solo soplar, como según contaban aquellos que sí lo habían visto y que sabíamos que no eran tan exagerados.

A pesar del sol ardiente de aquel día, avanzamos paso a paso, subiendo y bajando senderos. En ocasiones aquellas laderas estaban un poco arboladas, así que había pequeños refugios para el calor del día; en otras no se dibujaba ni siquiera una pequeña sombra que nos diera un poco de descanso y refugio de nuestro buen amigo el sol. Pero así era este viaje, extremo, en verdad. En nuestro andar topamos con una sección llena de una cierta planta conocida en gran parte de México. Por ello, Topo dijo:

—Miren, amigos, cuántos nopales.

Una buena dote de nopales verdes con sus rojas y oscuras tunas se dispersaba en formas caprichosas por todo aquel tramo. Algunas de aquellas chumberas se veían gruesas, pálidas y bastante viejas, pero otras eran delgadas, de un vivo verde intenso. Decidimos cortar unas pocas tunas y luego las comimos. Estaban en su máximo punto de sabor; eran simplemente deliciosas, aunque no nos salvamos de unas cuantas espinas finas incrustadas en nuestros dedos.

—Oh, ahora comprendo —replicó Gusabio mientras comíamos—, esta debe ser la razón de por qué nuestro pueblo se llama Nacozari, pues en idioma ópata Nacozari significa «abundancia de nopales».

—Quizá una imagen como esta es la que vieron aquellos primeros viajeros que llegaron aquí, nuestra hoy región y casa —agregó Pingüino.

—Eso es altamente probable —les dije a todos—, pero por ahora sigamos.

Uno de los momentos más difíciles, aunque no tanto como cuando Pingüino cayó al agua, fue cuando Gusabio comenzó a comer un durazno tras otro; los había traído de su casa. Sin duda que mi amigo no tenía llene. Recién habíamos comido tunas y ahora seguía comiendo; quizá su gran cerebro consumía demasiada energía. Bueno, el punto es que eran duraznos excelentes, de esos tempraneros en la temporada, dulces en extremo, deliciosos y jugosos. Pero pienso que quizá ese fue el problema, pues varias avispas —y cuando digo varias, eran en verdad varias— comenzaron a volar alrededor de Gusabio. Él ni siquiera lo había notado, pero ahí estaban dando vueltas, subiendo y bajando suavemente alrededor de él. Quizá el dulce aroma de las frutas fue la causa de tal atracción.

Hubo un momento poco inteligente en el cual Topo, aún con su mala visión, pudo ver a las entrometidas avispas revolotear y acercarse peligrosamente al alegre y despistado Gusabio. Entonces le gritó:

—¡Cuidado, hay muchas avispas volando alrededor de ti!

Lo malo fue que, con el tono de voz que le imprimió Topo, hizo que Gusabio se asustara y comenzara a manotear por todos lados. De pronto, entre sus manoteos, golpeó a una de las curiosas avispas y esta, cual enfermera principiante, le aplicó un poderoso piquete en su mano derecha, lo cual hizo que el buen Gusabio gritara y manoteara aún más frenéticamente. Todo el grupo de avispas se alteró demasiado y nosotros, como jóvenes inexpertos, no supimos qué hacer y no tuvimos otra idea mejor que correr.

—Corran —les grité.

Luego les señalé hacia una parte que tenía árboles de eucalipto y unas bellas flores que después supe que se llamaban caléndulas y que, según decían, un europeo las trajo a esta región hacía muchos años atrás. Los cuatro nos lanzamos hacia los árboles, tratando de ocultarnos entre las ramas y las hojas. No sé cómo, pero funcionó, pues después de un par de minutos las avispas se fueron. Una vez tranquilizados, hicimos un recuento acerca de la cantidad de piquetes recibidos y descubrimos que solo hubo un piquete, el que recibió Gusabio. Un pequeño punto rojo delataba el lugar del ataque, pero no había aguijón alguno. Pingüino dijo que en un breve momento más esa parte se hincharía y dolería muchísimo.

La idea que tuve, según había observado a mi abuela, fue cortar algunas de las hojas de eucalipto y una flor de caléndula, aplastarlas juntas y untarlas sobre la picadura. No sé si eso funcionó o definitivamente Gusabio era todo un superhéroe de sangre poderosa, sin alergias, porque nunca hubo hinchazón y, después de que transcurrieron unos minutos, tampoco hubo dolor.

Continuamos cautelosamente nuestro camino y, después de tanta peripecia vivida en el trayecto, por fin llegamos. Ya había pasado el mediodía, pero el sol aún seguía ardiente. Nada nos importó: ni la trucha malvada ni las avispas montoneras. El volcán de aire estaba ahí, sobre una de las más altas lomas sin vegetación, un gran agujero rocoso en el cual fácilmente cabíamos mis tres amigos y yo. Aquel volcán anfitrión nos decía silenciosamente que él era el recién descubierto volcán de aire. Tuvimos que recostarnos boca abajo sobre el suelo para poder acercarnos y mirar hacia la profundidad. En aquel oscuro vacío no se podía mirar el final. Cuando llegamos no soplaba ni un poquito, pero se veía en extremo llamativo. Una buena cantidad de rocas volcánicas se encontraba dispersa por todos los alrededores, así que tomé unas cuantas y las dejé caer una por una; nunca escuchamos el golpecillo final, lo cual nos inundó más de misterio. No sé si fue mi imaginación o una ráfaga externa, pero sentí un leve soplido moverse. Nos quedamos quietos y silenciosos y, mientras observábamos con calma, Gusabio nos lanzó un reto a todos.

—¿Quién se atreve a lanzar su sombrero al hoyo? Si en verdad sopla, es muy probable que lo regrese y ese sombrero tendrá un valor más grande por haber sido devuelto por el volcán.

Todos nos quedamos serios, pues el sol calentaba mucho y nuestros sombreros, aunque para nada eran bellos, sí que eran indispensables. Era casi como arrojar al suelo tu botella de agua en pleno desierto.

Todavía no comprendo por qué siempre me toca a mí hacer la parte difícil de cada aventura, pero todos me presionaron y, aunque intenté no hacer caso, terminé diciendo que sí. Nos retiramos un poco y nos pusimos de pie; luego solo yo me acerqué lentamente y…

—Bien, aquí voy —les dije—. Cuenten hasta tres.

Me paré con mucho cuidado a la orilla del gran agujero y al unísono contamos:

—Una, dos, tres.

Lancé a mi queridísimo amigo, el sombrero, con un leve movimiento de mano que lo hizo caer en un suave giro tras otro. Bajó y bajó… Yo no lo podía creer: el volcán de aire no soplaba y mi sombrero tristemente me decía adiós. Pero ni hablar, ese era el riesgo que debíamos correr y la idea no funcionó. Al menos lo había comprobado por mí mismo.

No quise permanecer más tiempo por ahí. Después de todo, el volcán era lo único interesante por los alrededores cercanos. Me retiré un poco del peligro, me di la vuelta y les dije a mis amigos que debíamos retirarnos para no llegar tarde a casa. Ninguno de los tres me respondió; parecía que se habían quedado mudos o quizá se sentían mal conmigo por haberme hecho arrojar mi fiel sombrero a un triste, aburrido y solitario hoyo gigante.

En ese momento de silencio, Topo, aún con su mala vista, se quedó mirando hacia el frente y hacia arriba; luego señalaba repetidamente con su dedo índice.

—¿Qué pasa? —le dije en tono molesto—. ¿Y ahora qué quieres? No te burles de mí.

No me respondió. Se le fueron las palabras y seguía señalando. Entonces me giré de nuevo y miré un poco hacia arriba.

—Mi sombrero —dije en un suave susurro mientras mis ojos crecían al doble.

Venía lenta y suavemente bajando casi hacia mí y aún seguía girando. Extendí un poco mi brazo y lo tomé. El volcán, ese enigmático, atractivo e imponente volcán, me lo había devuelto. No pude pedir más por ese día. Habíamos vivido tantas aventuras. No me quedó más que estar agradecido por seguir vivos y haber disfrutado de un gran día en la naturaleza.

La tarde había llegado y, a pesar de ser jóvenes, mis amigos y yo estábamos un tanto cansados. La verdad, yo no tenía ningún deseo de caminar hasta el pueblo. Para mi buena suerte, un par de burros aparecieron pastando tranquilamente.

—Hey, amigos, es nuestra oportunidad de oro para regresar más relajados a Nacozari.

Apenas si había dicho eso cuando Topo se puso en modo perseguidor y emprendió una carrera tras los burros.

—No, Topo, no, espera, jamás los vamos a poder capturar de esa forma —le grité.

Dicho y hecho. Los burros inmediatamente advirtieron que un peligroso atacante se acercaba y huyeron a toda velocidad. A pesar de eso, los correteamos un poco, tratando de serenarnos y acercarnos lentamente cuando el par de jumentos se detenía. Lo intentamos otras tres ocasiones más y, aunque pareció que todo había sido en vano, cuando menos lo pensamos ya habíamos avanzado un buen tramo de regreso al pueblo.

Sin darnos cuenta, mis amigos y yo habíamos regresado a un paso más veloz que el que hubiésemos utilizado en nuestro aflojerado plan inicial. En poco tiempo ya estábamos de regreso en casa. Nunca atrapamos a aquellos burros, pero nos ayudaron a regresar con una cierta motivación. Luego nos despedimos y cada uno se marchó a su recinto, a ese cálido y dulce lugar llamado hogar. Cuando llegué a mi casa disfruté de la cena y de la compañía de mis seres amados. Mis amigos y yo habíamos decidido no mencionar el asunto de la caída de Pingüino al agua ni el asunto de las avispas de Gusabio; de lo contrario, nunca nos darían permiso de nuevo. Lo bueno es que todos volvimos a casa sanos y salvos. Volví tan pensativo que, al estar en casa, antes de dormir tomé en mis manos una Biblia que madre valoraba y cuidaba mucho. La abrí en una parte que se llamaba Juan y, como yo tenía quince años, leí en el número quince grande y encontré una parte que me dejó sorprendido. Lo leí varias veces; fue como un martillo golpeando dentro de mí. Luego copié ese verso en un pequeño trozo de papel y lo guardé en mi desgastada billetera. El verso decía: «Nadie tiene mayor amor que este, que uno ponga…».

4

Por los migrantes

Algunos años habían pasado ya desde aquel día de la exploración al volcán. Un día de estos más recientes, caminé a uno de los tantos montes que tenemos alrededor de nuestro apreciado pueblo. Cualquiera que conozca Nacozari estará de acuerdo en que las montañas son nuestros guardianes naturales. Pues bien, solo fui por el gusto de ir a subirlo. Era una mañana especial, de esas que no puedes desperdiciar quedándote encerrado en casa haciendo nada, o durmiendo hasta muy tarde cual perezoso oso en invierno. La mañana era tan fresca y agradable, pues la leve lluvia nocturna nos había regalado un dulce y suave aroma a tierra mojada. Los expertos lo resumen en una sola palabra, «petricor», pero yo solo digo tierra mojada porque, de otra manera, muy pocos me entenderían. Las hojas de los árboles se miraban de un verde reluciente, limpias y humedecidas con aquel sereno rocío que habíamos recibido. Pensé en la innegable realidad de que yo no había hecho cosa alguna para recibir aquel regalo mañanero, así que de la misma manera debía aprender a dar a otros, aun cuando no hubieran hecho algo especial por mí. No todo en la vida se trata de «dame y te doy», es mucho más dichoso solo dar sin esperar algo a cambio y eso me quedó más claro este día.

Cuando escalé hasta la parte media de la montaña, pude ver claramente hacia una buena parte del pueblo, pues todo lo demás estaba detrás de las muchas otras elevaciones que les he contado, y vaya que sí tenemos colinas por aquí de todos tamaños y estilos. No sé si haya otro pueblo de México que nos gane en cuanto a colinas y montañas a nuestro alrededor se refiera, pero qué más da, vivimos bien y eso es lo que importa.

«¡Qué bello es este pueblito!», pensé. Me gusta, quiero vivir y trabajar aquí toda mi vida. Si todo sigue bien, en un par de meses más podré entrar a trabajar a la compañía minera y seré uno de los mejores y más esforzados trabajadores que han laborado aquí.

Mientras me encontraba sumido en mi admiración poblacional y en mi utópico sueño laboral, a lo lejos, vi que el tren comenzó a moverse. La máquina daba su característico bufido: ¡shu, shuuuuuu! Eso me aceleró el corazón con una dulce emoción.

El humo salía de su tubo de escape principal y las ruedas de cada vagón comenzaban a rechinar. Ese sonido chillante era tan fuerte que se escuchaba hasta donde yo me encontraba y seguía presente hasta que el tren tomaba cierta velocidad y ritmo. Entonces, por fin, el chirrido desaparecía, dando lugar a otros ruidos metálicos: ¡clac, clac, clac! Pero estos eran menos molestos. Unos pocos minutos eran suficientes para que toda aquella gigantesca línea de metales resonantes y poderosos avanzara a buen paso y velocidad.

Desde mi balcón natural noté que en un cierto momento un par de hombres corrieron tras nuestro útil ferrocarril.

Cada uno cargaba con una mochila grande, pero por más que se esforzaron no pudieron alcanzarlo. Solo dieron brincos e hicieron algunos movimientos que delataban su coraje y molestia por no haber logrado subirse. La imagen que tuve desde mi primera fila en el monte me hizo pensar en lo peligrosa que era la acción de aquellos individuos. Ciertamente no eran de aquí y tampoco deseaban quedarse. Lo más probable era que su siguiente paso consistía en llegar hasta Agua Prieta y desde ahí intentar brincar hacia los Estados Unidos, en donde estaba su verdadera meta. Por lo que yo vi supe que, al menos, ese intento fue muy arriesgado. Quizá los jóvenes, con su habilidad y destreza, no tengan mayores dificultades, aunque algo les puede fallar, sin duda; pero aquellos que ya no poseen tanta juventud muy fácilmente se juegan la vida en tales intentos.

No me sentí bien siendo solo un sereno espectador, así que decidí que, mientras me llegaba la hora de entrar a trabajar en la mina, haría algo por las personas que muy continuamente llegaban de paso a nuestro amado pueblo.

Un día de aquellos, luego de haber ayudado durante toda una semana al alegre, aunque a veces muy estricto, don Emilio a transportar mercancías para su creciente tienda, recibí mi pago. En esos días, don Emilio se percató de un buen conflicto, pues junto con la mercancía de la tienda una insalubre plaga de inoportunas ratas había llegado. De inmediato se hicieron sentir con su nauseabundo olor y una serie de restos pequeños del tamaño de un arroz, pero de color negro, que parecían decir «aquí estamos, ya llegamos». Saben bien a qué me refiero con «restos pequeños», pero no diré más por si acaso están disfrutando de un panecillo mientras leen esto.

—Eh, Chuy, ¿podrías ayudarme? Necesito mucho tu ayuda para que te encargues de acabar con una plaga de ratas que nos llegó junto con la mercancía. Nadie quiere hacer ese trabajo. ¿Piensas que tú podrás? Te pagaré bien —me expresó don Emilio, con una cara de derrotado sin siquiera haber iniciado el juego.

—No le prometo que sí, pero daré todo lo mejor de mí —le respondí.

Solo pensé que, después de todo, ya había vencido a un poderoso toro, a una malacarienta serpiente, a un engañoso pez y a unas montoneras de avispas.

—Está bien, te lo encargo mucho —me dijo don Emilio, y puso su esperanza en un joven inexperto que ahora tendría que superar las habilidades de un gato para poder vencer a esta pandilla de ratas.

Pues bien, tomé cartas en el asunto y me encargué de las pestilentes e invasoras ratas. Coloqué en varios y estratégicos puntos diversos tipos de trampas que pude conseguir. En un principio pareció que mi brillante plan fracasaba y me frustré un poco; pero luego de algunos pequeños ajustes, luego de unos tres días intensivos, logré acabar con todas o al menos eso parecía, pues todos sabemos que nunca se extermina a un grupo de ratas por completo. Esos animalitos se multi-plican, se esconden y afectan demasiado la mercancía. No fue tan simple como muchos pudieran imaginar. En una de las ocasiones en que me dediqué a colocar las trampas, una enorme rata (quizá era la líder o la mamá de la plaga, no lo sé, pues no sé hablar ratonés) se paró frente a mí, se levantó sobre sus dos patas traseras y emitió un chirrido espeluznante que me estremeció más que los poderosos bufidos de Harry. Mientras me mostraba su horrible dentadura, lo cual fue un momento terrorífico y por poco me rindo, me volví a paralizar, pero luego recordé que puedo vencer como ya lo había hecho antes, así que decidí enfrentarla.

—¡No te tengo miedo —le grité—, ni a ti ni a toda tu pandilla! También tengo mi grupo de amigos que me pueden ayudar.

Aunque la verdad ninguno de ellos quiso venir en mi auxilio a esta miniguerra en la cual me había enfrascado. Gusabio trabajaba arduamente en sus proyectos de ciencia, Pingüino dijo que iría a practicar la pesca con su padre y Topo argumentó que topos y ratas se veían un poco parecidos, que quizá eran medio parientes suyos y que, por lo tanto, no quería provocar problemas familiares. ¡Vaya argumento!

Tuve que hacer el trabajo en solitario. Entonces, en aquel espeluznante momento cuando estuve frente a la rata principal, le arrojé un trozo de queso que traía en mi mano y corrió tras él. Eso fue suficiente para la ocasión.

Puse en marcha mi minucioso plan y, en unos cuantos días, lo había logrado: acabé con la plaga. Omitiré el cómo las acabé, no sea que esto lo lea algún defensor de los derechos de los roedores, le parezca que mi método fue cruel y me cause problemas. En fin, por mi valeroso esfuerzo, o mejor dicho, porque nadie más quiso hacerlo, recibí un pago extra por parte de mi generoso patrón y decidí usar el dinero para ayudar a los migrantes. Don Emilio era bastante noble, en ese sentido no tengo queja alguna de él. Era de carácter estricto y algo gruñón, pero todo eso se olvidaba al recibir el pago.

—¡Mamá! —grité en cuanto llegué a casa y abrí la puerta—. Quiero pedirte un favor. Quisiera que me ayudes a preparar una buena cantidad de tamales, para llevarles a los migrantes que llegan al pueblo.

—¡Ay, hijo! Qué ocurrencias tienes, está bien que quieras ayudar, pero ¿no te parece que son demasiadas personas? —me respondió mi madre.

—Si no quieres ayudar le digo a doña Esperanza que los prepare —le respondí tratando de ganarle con mi estrategia competitiva, ya que la gente se la pasaba discutiendo acerca de cuáles tamales eran mejores, si los de mamá o los de doña Esperanza.

—¿Cómo piensas que no te voy a ayudar, hijo? Si para eso nacimos, para servir. Solo me refería a que son muchos y necesitaré ayuda. —Con eso concluyó el pretexto y con gusto inició la tamaleada.

Todos habíamos visto llegar a los migrantes una y otra vez, y últimamente llegaban más que nunca. En una ocasión tuve la oportunidad de platicar con uno de ellos; dijo llamarse Mateo, venía desde Nicaragua. Me dijo que muy probablemente ya pronto no llegarían más migrantes a Nacozari, pues casi había quedado lista una nueva ruta más sencilla y práctica para llegar hasta la frontera.

«¡Hmmm! —pensé en mis adentros—. Pues ahora que los migrantes están aquí quiero asegurarme de que se lleven un buen recuerdo de Nacozari».

Aquello me animó aún más a pedirle a mi madre que preparase un buen altero de tamales de chile colorado.

En menos que pilla un águila, estuvieron listos, pues mi madre era sumamente hábil para prepararlos, además de que mis hermanos, entre juegos, quejas y demás, ayudaron mucho. Entonces, con la altruista ayuda de mis hermanos, llevamos aquel cúmulo de tamales hasta la calle en la cual los migrantes esperaban con paciencia; algunos estaban sentados, otros recostados y unos pocos simplemente de pie, platicando. Eran unos cuarenta en total, principalmente hombres, aunque también había mujeres y unos pocos niños. En promedio les tocaron de a cuatro para cada uno. Cabe decir que olvidé llevarles algo para beber. Yo había pensado en una buena agua fresca de tuna (pues, como ya saben, tenemos muchos nopales alrededor), aunque algunos la menosprecian, pero está buenísima.

Ah, y es muy buena para… no sé qué, pero alguna virtud natural y saludable ha de tener. Lo bueno fue que cuando llevábamos los tamales mucha gente observó lo que hacíamos. Entonces doña Micaela, una de las señoras ricas del pueblo, le dio un coscorrón a su marido, don Cástulo, y le ordenó… ¡eh!, quiero decir… le pidió de favor que llevara unos buenos cántaros de agua fresca de frutas y vasos para dar de beber a la gente.

Todos aquellos hombres, mujeres y niños que venían de lejanas tierras con el sueño de llegar al norte quedaron muy agradecidos. En realidad no fue mucho lo que pudimos hacer por ellos, pero bien dicen que de ladrillo en ladrillo se hace una casa. Al siguiente día, la gran mayoría de ellos partiría y decidí que volvería para asegurarme de que todos pudieran subir bien al tren, pues era una operación bastante riesgosa.

El nuevo día llegó y pude ver que muchos arribaron al punto de salida. Aunque no era algo legalmente permitido, todos comenzaron a abordar los vagones de más atrás. Los que aún no abordaban arrojaban sus mochilas y bolsas con cosas a otros que ya estaban arriba, luego trepaban las escaleras laterales y se aferraban fuertemente de cualquier parte que les fuera posible. Algunos, usando una cuerda o ixtle, se hacían una especie de cinturón y se ataban de alguna parte del vagón. Al principio solo fui un espectador, pero una vez más no pude evitar entrar en acción.

—Ahí vas de nuevo, Chuy —fue lo único que me pude decir a mí mismo.

El tren comenzó a avanzar y, en ese momento, apareció una madre con su pequeñín de unos… tres años que por alguna razón se había retrasado. Ella corría desesperada, pues al parecer su otro hijo, un poco más grande, ya estaba arriba del vagón y, claro, con el corazón de madre, no quería separarse de ninguno de sus dos retoños. Entonces corrí para auxiliarla, tomé al pequeño en mis brazos e hice mi mejor esfuerzo para alcanzar aquella imparable máquina. La señora pudo tomarse fuertemente de la escalera lateral, pero gritaba frenéticamente por su pequeño. Era mi turno de actuar. Sentí que no lo lograría, aunque hubo un momento, no sé por qué, pero recordé a Harry corriendo sin piedad detrás de mí. Mi extraña imaginación me hizo sacar fuerzas de no sé dónde y avancé veloz. Alcancé al tren. Solo había un problema: dejar al pequeño en la escalera no era una opción, yo también tendría que subir y mi misión solo estaría terminada hasta que todos estuvieran a salvo, bien ubicados sobre la superficie de aquel vagón. Entonces, con un brazo sostuve al pequeño y con el otro me aferré a la escalera y, dando un brinco, logré establecer mis pies en el peldaño de más abajo. Debo confesar que mi brazo me dolió muchísimo, sentí un fuerte tirón, pero no podía rendirme.

Nunca había visto en persona un accidente ferroviario, pero bien sabía que algunos hombres habían sido mutilados de un brazo, una pierna o incluso habían perdido la vida al hacer maniobras como esta, así que había que dar todo hasta el final.

Con más fortuna que habilidad, todo salió bien. En poco tiempo aquel pequeño estaba bien sujeto en brazos de su madre, la cual lo ató por la cintura con un buen ixtle.

—Y ahora ¿cómo me voy a bajar? —me pregunté silenciosamente.

Para este momento el tren ya llevaba una velocidad muy riesgosa como para intentar un salto sobre tierra o la gran cantidad de rocas que había a los lados. Yo quería regresar a mi casa, no tenía intenciones de dormir en Agua Prieta. Me quedé sentado, sintiendo el aire sobre mi cara (lo cual se sentía bien, era refrescante y me mantenía despierto). Pensé y pensé. Entonces recordé que más adelante estaba un pequeño lago y que el tren cruzaría exactamente por un puente ubicado sobre él, pero casi totalmente del lado oeste. Intentar un salto sería difícil, pero casi no había otra opción. O brincaba al lago, o dormía en Agua Prieta. Honestamente prefería la opción uno. Solo había que ver si el gran charco tenía suficiente agua, y fue lo que hice. Estuve atento, observando para calcular bien si valía la pena el salto.

El lago comenzó a mirarse, pues un reflejo del cielo lo delató. Ahí estaba y eso me agradó mucho. Parecía tener suficiente agua como para recibirme con suavidad; eso sí, solo debía asegurarme de no caer de panza. Admito que tuve miedo, más que cuando enfrenté a Harry, a la serpiente, a la trucha, a las avispas o a la rata gruñona, pero tenía que hacerlo. Con un movimiento de mano me despedí de mis amigos migrantes, en especial del pequeño que nunca supe su nombre, pero que sin duda nunca olvidaría. Me preparé en mente, cuerpo y corazón, luego conté una, dos, tres. Salté… ¡Splash!

No caí de panza, pero aquella caída me dolió. Después solo floté y, mientras me suspendía suavemente sobre el agua, pude ver cómo muchas manos se alzaban y me decían adiós, a la vez que el tren seguía su camino. En esta ocasión había logrado saltar bien desde el tren. Salí del agua, me recosté sobre la hierba y descansé un poco. Entonces pensé:

«¿Por qué te suceden cosas tan extremas todo el tiempo, Chuy? Quizá deberías calmarte un poco y dejar de involucrarte en tanta peligrosidad».

Así era mi personalidad, me era casi imposible quedarme quieto. Luego de relajarme y secarme un poco, decidí comenzar la caminata de regreso. Solo serían cinco kilómetros de andanza hasta el pueblo, solo eso, cinco kilómetros y podría descansar en casa. Mientras caminaba no pude dejar de pensar: «En este mundo hay quienes sufren más que yo, entonces, si puedo extender mi mano y ayudar, lo haré».

5

Por otros mineros

Pues bien, el día anhelado llegó, cumplí la edad y surgió la oportunidad de trabajar en la mina. Solicité mi ingreso directamente en la oficina y sucedió. Me sentí realizado, era un bello sueño cumplido para mí, aunque realmente no sé ni por qué; ciertamente la mina no era lo máximo en la vida, pero de alguna manera me llamaba la atención y me agradaba la idea de trabajar ahí. La verdad es que mi sueño iba más allá de andar por ahí extrayendo minerales directo de la naturaleza, mi gran deseo era ser maquinista, pero habría que esperar por ello. Según me habían dicho, era algo muy difícil de lograr. ¿La razón? Ese puesto solo se lo daban a los extranjeros influyentes y yo solo era un joven bisoño cuyo bigote y barba apenas si comenzaban a despertar y, a la vez, era totalmente desconocido para aquellos imponentes jefes. Ya tenía mis diecisiete años, recién los había cumplido, pero eso no importaba, me esforzaría por ser uno de los mejores mineros de la historia.

En mi primer día, apenas había llegado a mi nuevo trabajo cuando, a mis espaldas…

—*Hey*, tú. —Escuché una voz con un acento raro. Sin duda que quien me habló no era mexicano, su acento era algo llamativo y chistoso, pero nunca me burlaría de él por dos razones: madre me había enseñado a ser respetuoso, y la segunda, reírme de su acento podría significar mi despido. Entonces me giré y vi al nuevo jefe. Era un hombre norteamericano típico, cabello rubio, bigote y barba relucientes y, eso sí, unas botas muy sucias, dignas de un hombre trabajador.

—Tu responsabilidad será ser un aguador. —Eso me lo dijo con ese típico acento inevitable. Es muy probable que hayan escuchado a alguien hablar así, así que ya se lo podrán imaginar.

Llevar agua a donde fuera necesario, eso haría yo. Confieso que no fue tan simple, era bastante agotador. Había momentos en que me daban grandes deseos de renunciar. También pensaba que era mucho mejor y más divertido exponerme al peligro contra Harry, que vivírmela llevando tanta agua a todas partes. Pero la persistencia y la resistencia tienen su recompensa y, después de unos cuantos meses, me cambiaron de puesto, ahora sería un trabajador del mantenimiento de vías de ferrocarril. Solo sería un chalán, como decimos por acá en México a los ayudantes, pero ya estaba más cerca de mi deseo. Eso me agradaba mucho más, pero aún no era mi sueño cumplido. De cualquier manera, ser aguador me enseñó a ser muy diligente con mi trabajo, fuera lo que fuera que hiciera, lo haría bien.

Entonces, ya una vez instalado en mi nuevo puesto, decidí aplicar el mismo principio de vida que apliqué como aguador: persistir, resistir y ser diligente. Si los jefes me veían como un típico león africano macho, solo sentado todo el día viendo cómo otros trabajan, nunca me tomarían en cuenta para un ascenso. Fui constante en reparar vías y mantenerlas al cien por ciento para que el tren corriera con seguridad por encima de ellas.

Al transcurrir de los días, resultó que, como era mi no deseada costumbre, no faltó un nuevo conflicto en el cual me involucré. No que yo hubiera creado el conflicto, sino que parecía que yo tenía un enorme magnetismo que atraía toda clase de problemas hacia mí, aun cuando yo fuera cuidadoso en no buscarlos.

Pues bien, resultó que un par de mineros que trabajan en una de las secciones más profundas de la mina se encontraban a medio camino, a varios metros bajo tierra, y quedaron atrapados dentro de ella. Según se decía, había sido un derrumbe natural y ellos dos eran los únicos que en ese momento trabajaban en aquella sección. Por toda la compañía comenzó a circular un enjambre de teorías acerca de las cosas que aquellos fieles obreros pudieran estar viviendo al presente, pero al final resaltaron tres: número uno, que estaban vivos, con salud, y solo estaban momentáneamente atrapados; número dos, que al suceder el derrumbe fueron golpeados y quedaron atrapados e inconscientes y, por lo tanto, necesitaban ayuda inmediata; y número tres, ya se imaginarán, que ellos estaban sin vida y sus cuerpos atrapados bajo toneladas de escombros.

Francamente yo elegía la número uno, pero era imposible saberlo con certeza, además no era asunto de mera elección. Aquel problema no era mi área, ni yo tenía nada que ver en ello, de no ser porque a alguien se le ocurrió mencionar mi nombre, y como, según decían, con mi diligencia y dedicación exhaustiva al trabajo (además de ser delgado), era el tipo perfecto para esta misión. El jefe de mi sección también sugirió que yo era el más apto para el rescate que estaban planeando.

—Aquí vas de nuevo, Chuy, y resulta que tú casi nunca sabes decir NO —me dije en lo profundo de mi encéfalo.

—Debemos introducir por este tiro a uno de los más ágiles trabajadores que tengamos —dijo con firmeza uno de los jefes que coordinaba el rescate.

Para quienes no saben lo que es un tiro, les explicaré. Un tiro es un hoyo que se hace dentro de una mina, puede servir para entrar, solo para explorar o bien para llegar más rápido a una cierta sección. En esta ocasión el tiro era bastante angosto y, para mi mala suerte o quizá buena, yo era el tipo delgado que cabía bien en aquel tiro.

—*Hey*, Chuy, necesitamos de tu ayuda —me dijo mi jefe. No sé si fue una orden o una sugerencia o si me pedía el favor, pero así fue que me lo dijo y me explicó un poco de qué se trataba la misión.

—Está bien, voy para allá, nos vemos en la zona del rescate —le dije; y ahí voy de nuevo.

Una vez que llegué al lugar de la tragedia, me explicaron con más detalle en qué consistía el rescate. Luego de recibir la explicación acerca de la misión, decidí que lo haría, sí participaría, pues se trataba de salvar vidas y ¿cómo podría negarme a eso?

Me colocaron un pequeño casco y un traje más o menos especial, aunque muy pesado, me ataron a una cuerda mediante un arnés y me dijeron que me bajarían por el pequeño tiro que estaba frente a mí. Se suponía que el tiro llegaba justo a una sección que conectaba con el espacio en donde estaban los hombres atrapados.

Yo me sentí muy incómodo con todas aquellas cosas atadas a mí, pero eran necesarias. Toda la operación era altamente peligrosa, sin embargo, alguien tenía que hacerlo. Ahora no se trataba de un toro, una serpiente, avispas o de un inquieto pez, sino de una oscura, incierta y aterradora cueva que debía enfrentar solo con una linterna sobre mi cabeza y otra en mi mano.

La operación comenzó y me bajaron lentamente, pequeños terremotos caían sobre mí, pero eran repelidos por mi buen casco minero. Seguía bajando mientras apretadamente sostenía la linterna con una mano casi entre mis rodillas y con la otra me sujetaba bien a la cuerda. Nunca había estado en un lugar más aterrador que este, pero algo me impulsaba a no rendirme, así que solo grité la instrucción de que siguieran bajándome más y más. Por fin, luego de unos minutos, el espacio alrededor de mí se hizo más grande y, cuando pude acomodarme, me di cuenta de que había llegado a la sección indicada.

—Ya llegué —les dije a través del tiro. Parecía que no me habían escuchado, pues no hubo respuesta inmediata, pero después de algunos segundos se escuchó:

—Muy bien, Chuy, ahora ve a buscarlos, si necesitas algo, a través de este tiro te lo podemos enviar.

¿Quién me manda ser ágil y delgado? —me dije a mí mismo—. Si fuera lento, obeso y perezoso no estarías aquí metido en este lío. Pero luego recordé a aquel par de hombres atrapados y, entonces, mi egoísmo se fue y decidí moverme a la parte en la cual, según me habían explicado, estaban aquellos infortunados mineros.

Me quedé frío cuando llegué y vi a aquellos dos hombres. Estaban con vida, pero uno tenía una pierna rota y no se podía mover. El otro tenía un brazo roto y se veía muy deshidratado, sus labios estaban blancos y secos. Ninguno de los dos podía moverse bien. La opción número dos fue la que sucedió. Les pregunté por sus nombres, a lo cual respondieron perfectamente, pues uno dijo llamarse César y el otro Carlos.

No fue necesario preguntarles si necesitaban agua, eso era lógico y era la prioridad, así que corrí hasta nuestro buen ducto de comunicación, el tiro, y grité:

—Ya los encontré, están vivos, pero necesito agua, por favor, manden agua.

No pasó mucho tiempo para cuando una buena garrafa de agua llegó desde lo alto. Esa agua sirvió para reanimarlos, darles de beber a sus blanquecinas bocas y lavarles un poco las heridas que tenían, luego, con calma y a mi mejor parecer, los entablillé. De momento no podía hacer más. Había que animarles y hacerles ver que pronto los sacaríamos o, mejor dicho, nos sacarían de ahí. Ahora yo era parte de los que debían ser rescatados.

Según me dijeron, para poder retirar los escombros del derrumbe tardarían unos tres días. Entonces volví hasta el tiro con la intención de pedir algo para comer y más combustible para mi insustituible lámpara, pero no fue necesario. Cuando llegué al lugar, mediante la cuerda ya habían bajado comida y combustible. Eso sí que era un servicio efectivo.

Una vez que los dos hombres heridos recobraron más su conciencia, pudimos entablar una buena conversación. El tiempo sería largo, esperar tres días encerrados en aquella cueva era algo muy incómodo. Por momentos platicamos y aún hasta reímos, no sé si de nerviosismo o realmente hallamos gracioso aquello, pero una buena cantidad de risa nos hizo compañía.

Yo corría del tiro a la sección donde estaban los heridos. Una y otra vez iba por cosas, ya fuera agua, comida o alguna otra cosa necesaria. Siempre preguntaba cómo iban con el trabajo de retirar escombros y siempre obtenía una respuesta positiva, pero eso era lógico, nunca me dirían que había algún retraso o que algo se les dificultaba.

No nos faltaba alimento, agua ni luz, pero todo comenzaba a sentirse cada vez más desesperante. Nunca me dijeron que una vez que bajara no podría subir por el mismo lugar, pues mi cuerpo apenas si pudo bajar, pero al subir los tirones de la cuerda no me darían espacio ni balance y no se podría lograr bien; además, sería muy cruel que yo regresara y dejara abandonados a los dos heridos solo porque ellos no cabían por el mismo espacio.

Conversar era lo mejor que podíamos hacer, así que la plática fluyó con libertad:

—Dinos, muchacho, ¿cómo te llamas? —me preguntó el minero César.

—Jesús —le respondí—, aunque todos me dicen Chuy.

—¡Ah! —exclamó—. ¿Tú eres el famoso Chuy que trabaja reparando las vías?

—Pues sí reparo vías, pero lo de famoso, eso no lo sé, solo hago mi trabajo.

—Eres muy mencionado por aquí —me respondió con una leve sonrisa, pero como mi intención no era la fama, rápido hice los ajustes necesarios y les cambié la plática.

—Y ustedes ¿de dónde son originarios? Platíquenme —les dije, con la intención del cambio y de hacer tiempo y pensar menos en la desesperada situación.

—Nosotros somos hermanos, originarios del estado grande, del mero Chihuahua —me respondieron.

—¿Por qué vinieron hasta acá?

—El trabajo nos llama, aquí hay mucho y debíamos aprovechar esta oportunidad.

Luego platicamos de la familia, de caballos, hasta de política (eso no me agradaba mucho que digamos, pero había que hablar de algo), también hablamos acerca de la vida y lo frágil que esta es.

—Por ahí leí que la vida es como la neblina —dijo uno de ellos—. Aquí está y en un instante se desvanece. Más vale estar preparados para el momento de irnos.

—Jamás volveré a comer una deliciosa carne asada —dijo en voz baja y triste el hombre llamado César.

—¿Qué dijiste? —le replicó su hermano Carlos.

—Que jamás volveré a comer una deliciosa carne asada —le respondió en tono poco molesto.

—No seas tan negativo —le dijo su hermano—. Saldremos de esta.

—Pues no lo creo. Tú sabes que ha habido derrumbes en otras minas del país y en la gran mayoría de los casos no salen con vida —le respondió, mientras derramaba un par de silenciosas lágrimas.

—Seamos lo más positivos posible —les respondí—. Sin duda que un día nos iremos de este mundo, pero no sé por qué siento que no es mi tiempo y, si no es el mío, tampoco será el suyo. Tengan ánimo. Los sentimientos iban y venían, ascendían a lo alto y luego bajaban a lo profundo. Reímos, bromeamos, pero hubo un momento en el cual, sin poder evitarlo, nos volvimos muy reflexivos, sentimentales y hasta agradecidos. Esos momentos te hacen valorar aquello que realmente tiene valor en la vida.

Atrapados bajo la inmensidad de las rocas y sin saber la hora ni cuánto tiempo faltaba para salir, los horarios planeados carecían de sentido. No olvidaré aquel par de ocasiones en que lloramos a grito abierto. Ese llanto que viene a causa de los recuerdos de aquellos que siempre te han apoyado y te aman. Los tres reconocimos que muchas veces peleamos y discutimos con nuestros seres cercanos por cosas que realmente no tienen suficiente valor como para una discusión. Muchas veces peleamos por apropiarnos de charcos estancados y sucios, cuando el verdadero río fluye a un costado de nosotros.

Al pasar el tiempo, hubo un momento en el cual me sentí sin fuerzas y vacío. Traté de animarme, mas no pude, pero cuando más desanimado comencé a sentirme y cuando había perdido aún la esperanza de vivir, cuando mi pensamiento decía que ni siquiera tenía sentido ir por más combustible para mi lámpara o por comida, un pequeño sonido logró avivar nuestra esperanza. Era un pequeño ¡clic, clic, clic!

—¡Sí! Es el sonido de las herramientas metálicas golpeando las rocas —dijo uno de los dos heridos, no sé si fue César o Carlos, pero alguien de ellos lo dijo, su voz era tan parecida.

Entonces, al cabo de un momento, del cual ignoro su tamaño, una pequeña luz entró a nuestra oscura cueva y sentimos de nuevo el incomparable deseo de vivir. El aire fresco comenzó a fluir y nuestra esperanza se renovó por completo. El rescate había sido logrado.

Minutos después fuimos llevados al hospital y solo después supe que me quedé profundamente inconsciente y dormido. Cuando desperté, mi madre estaba ahí junto a mí, poco después mis hermanos, Pochicho, Joe y Mike, los cuales ya eran todos unos adolescentes, llegaron y, en unos minutos más, el equipo maravilla, Gusabio, Pingüino y Topo, hicieron su aparición. Esta vez trajeron con ellos a otro buen amigo al que le decíamos el Emperador, el porqué de su sobrenombre es más sencillo de explicar, pues llevaba por nombre César y siempre se hacía su voluntad (es broma, era un gran amigo).

Mientras íbamos de camino a casa, mi madre me dijo que en realidad fueron diez días los que estuvimos cautivos dentro de la mina y que los dos hombres heridos habían sido bien atendidos, que sus familias agradecían que alguien los hubiera ayudado, pues de lo contrario lo más probable es que no hubieran sobrevivido.

Hasta aquí, he pasado muchas veces de mi vida ayudando a otros y, en ese ayudar, he estado bastante cerca de morir. Por lo pronto sé que eso ha sido muy peligroso, pero ha sido bueno poder ayudar.

—¿Lo volvería a hacer? ¿Volvería a exponer mi vida para que otros estén bien y puedan volver a sus hogares? —Fueron las preguntas que, cual feroz tornado, azotaron mi mente. No era fácil responderme a tan profundos cuestionamientos, pero muy dentro de mí sabía la clara respuesta.

6

Por mamá

Sucedió que algunos años atrás, mis hermanos y yo habíamos tomado la costumbre de ir al río; poco a poco le perdimos el miedo a las tinajas y a la corriente, así que aprendimos a nadar. Yo me metí primero, investigué serena y cuidadosamente toda el área y, una vez que localicé las tinajas más seguras, las de una profundidad no peligrosa y una corriente suave, animé a mis hermanos a entrar. Aprendimos a nadar, se puede decir que bastante bien. Sin embargo, mamá nunca lo supo; ya había sido suficiente con haber perdido a papá, y estoy seguro de que no nos hubiera dejado arriesgarnos a la amplia posibilidad de perder a alguno de nosotros.

Divertirnos nadando en el río había sido uno de los secretos hermanables mejor guardados del mundo, pues mamá nunca lo supo; pienso que ni siquiera lo sospechó. De cualquier manera, yo siempre inspeccionaba con alta rigurosidad las zonas en las cuales nos metíamos a nadar. Así fue que, una ocasión tras otra, mi práctica mejoró; incluso, hubo días en que la corriente del río era algo fuerte. Fue ahí que aprendí a nadar hasta en las peores circunstancias: contracorriente, en profundidades grandes y todo eso. No acostumbraba decir algo de esto a otros; por una parte, no quería ser presumido y, por otra, era mejor que mamá no lo supiera. Sin duda que los nervios acabarían con ella.

De hecho, pienso que de no haber sido por todo el entrenamiento improvisado, nadando una y otra vez en el río, no hubiera logrado sacar a Pingüino en aquella ocasión en la cual la trucha feroz lo derribó en la presa. Bien dicen que nunca debemos desaprovechar las oportunidades de aprender algo bueno que se nos llegue a presentar en la vida. Aprende lo que puedas, aprende a trabajar, aprende teoría, aprende a correr, a brincar, a explorar, a servir, aprende a leer. ¡Ah! Y aprende a nadar, porque cuando lo necesites no te va a llegar un telegrama por adelantado advirtiéndote que en cinco minutos tendrás que salir de un apuro acuífero o tendrás que rescatar a alguien.

Pues bien, uno de aquellos inolvidables días de descanso que tuve por mi trabajo en la mina, mi madre decidió cerrar su negocio que desde años atrás había abierto, el mejor restaurante de Nacozari. Ella decidió que tuviéramos un relajado, sereno y reconfortante día de campo familiar. Preparó una canasta llena de comida: frutas, coyotas, duraznos en conserva y, claro, no podían faltar sus ricos e incomparables tamales. Un par de frascos grandes llenos de esa deliciosa bebida de tuna que ya les he platicado. Algunas cosillas más andaban por ahí, pero eso era lo principal.

Cuando llegamos al río, a mis hermanos y a mí nos cosquilleaban los brazos y los pies, o mejor dicho, todo el cuerpo, por el ansia de meternos a nadar. Pero según mamá, nosotros no sabíamos nadar, así que expresamente nos ordenó que solo chapoteáramos en la parte baja y que no se nos ocurriera meternos en la corriente fuerte del río, la cual estaba un poquito más allá.

—Por favor, solo metan los pies al agua, nada de ir a partes profundas; estamos aquí para disfrutar, no para ahogarnos —nos lo dijo clara y expresamente.

Mientras ella estaba distraída tendiendo sobre el suelo, bajo un bello y frondoso árbol encino, una gran manta para luego colocar la comida que trajimos, nosotros nos fuimos acercando más y más a la corriente del río. Debo reconocer que en ese día en particular no era una corriente tan fuerte, pues aunque era tiempo de lluvias, hacía unos cinco días que no caía ni una gota, así que la intensidad había bajado un poco.

De pronto, mamá gritó:

—Hijos, vengan a comer algo, ya está servida una exquisita merienda.

Eso nos cortó un poco la inspiración de acercarnos más a nadar libremente como peces, pero la comida era un buen sustituto de alegría, así que valió la pena salir del agua por un rato e ir a comer.

—Ya vamos, madre —le grité. Luego le dije a mis hermanos—: Tengamos mucho cuidado de lo que hacemos este día en el río; no queremos que madre se altere ante la posibilidad de que alguno de nosotros se ahogue. ¿De acuerdo?

—Sí, estamos de acuerdo —dijeron Pochicho y Mike, pues Joe estaba un poco distraído mirando un par de colibríes que, con sus picos, extraían el néctar de unas llamativas flores amarillas cercanas.

Luego de avorazarnos sobre nuestra deliciosa merienda, dos de mis hermanos, Joe y Mike, quisieron correr inmediatamente a jugar en el río, pero no pasó ni un milisegundo cuando una voz tronante se escuchó:

—¡Alto ahí, niños! Nadie se mete al agua inmediatamente después de comer. Tenemos que esperar, por lo menos, treinta minutos.

—Ay, no. ¿Por qué tanto tiempo? —dijeron Pochicho y Mike.

Como es típico de unos acelerados y enérgicos adolescentes, los reclamos no tardaron en salir a flote. Luego, por un breve momento, todo se volvió un debate: que sí, que no, que la mamá de mi amigo sí lo deja; que yo no soy igual que la mamá de tu amigo; yo soy yo y ella es ella. En fin, lo bueno es que aquel debate no duró mucho.

Para no impacientarnos, les sugerí a mis hermanos que fuéramos a caminar un poco; así la comida avanzaría en nuestros sistemas digestivos y en un breve momento ya podríamos ir al agua. No sé bien cómo funciona eso del sistema digestivo; más bien lo hice para entretenerlos un poco y bajarle calor a las típicas discusiones familiares.

Estando aparte, les volví a recordar a mis hermanos que mamá pensaba que ninguno de nosotros sabía nadar y que era mejor mantener el secreto; que en otra ocasión, cuando yo tuviera mi próximo día libre en la mina, yo mismo los acompañaría a nadar plácidamente.

Pero como mi costumbre de meterme en grandes líos no me dejaba en paz, de nuevo apareció otro gran problema.

Cuando les dije a mis hermanos que esperásemos hasta otra ocasión para venir a nadar, que siguiéramos manteniendo el secreto, Joe volvió a distraerse y no me prestó ni siquiera la más mínima atención. Eso era típico de él; siempre divagaba en su mente pensando en mil cosas, menos en lo que se le decía. Esta vez lo distrajeron un par de mariposas que poseían un color poco común; en verdad eran hermosas y valía la pena mirarlas con atención, pero no era el mejor momento para ponerse a estudiarlas.

Una vez que regresamos de la caminata y que mamá autorizó ir a chapotear de nuevo, Joe corrió y dejó de lado todo el asunto del secreto de la natación. Sin pensarlo, se lanzó a una de las tinajas. Debo decir que fue un gran clavado, quizá el mejor que he visto hasta ahora. Pero desde su silla-roca en la cual estaba sentada, mamá vio perfectamente el magnífico clavado de Joe y, cual gallina hostigada por un gavilán tras sus polluelos, corrió despavorida para salvar a su retoño. Por más que Pochicho, Mike y yo le gritamos, no nos escuchó y de pronto solo hubo un sonido: «¡Splash!».

Ella se lanzó al agua de un gran salto. Para nuestra dificultad, fue en una parte bastante profunda y en la cual indudablemente la corriente la arrastraría; ahí hizo gala de tal instinto y valentía.

—¡Ay, no! —grité—. ¿Ahora qué hacemos?

Nunca pensé que fuera capaz de hacerlo; además, ella no sabe nadar ni tantito. En realidad le tenía un gran pavor al agua, pero todo fuera por salvar a uno de sus pequeños. Entonces no tuve más opción que correr y esforzarme por salvar a mamá. Joe ni siquiera se había percatado de la situación. Primeramente, cuando se lanzó de clavado, nadó bajo el agua. Se movía bastante bien; fácilmente pudiera competirles a muchos peces. Luego de unos segundos salió a flote felizmente nadando, con su rostro mirando hacia el lado opuesto de toda esta peripecia que mamá improvisó. Quizá sus oídos se taparon con el agua; por eso no supo acerca de todo el circo que teníamos con mamá. No lo sé, nunca se lo pregunté.

—Pochicho, Mike, traigan una cuerda o algo para ayudar —les ordené apurado mientras corría.

Yo había aprendido que cuando solicitas ayuda en una emergencia debes decir nombres, pues de otra manera ellos mismos se confunden y ninguno se mueve, ya que no saben a quién se le dijo. En fin, consejos prácticos de la vida.

Pues bien, yo corrí y me lancé de clavado y, cuando busqué a mamá, no la pude localizar inmediatamente. Fueron Pochicho y Mike los que me indicaron en dónde estaba ella. Me señalaron con su mano; entonces supe dónde se encontraba. Ella hacía un gran esfuerzo por nadar y salir, mientras tragaba agua. La alcancé y la sujeté fuertemente de su mentón; comencé a llevarla hacia la orilla, pero la corriente se volvió más intensa o, al menos, así lo sentí. No podía lograrlo. Mi madre era más pesada que Pingüino; además, no dejaba de manotear y por momentos a mí también me hundía. La desesperación me invadió profundamente. Llegó un momento en el cual sentí que no lo lograría y que tanto mamá como yo pereceríamos en aquel río. Decidí no rendirme y que lucharía hasta el último segundo. Las fuerzas se me fueron casi por completo, pero una vez más ocurrió el milagro: una cuerda de color amarillo apareció justo a mi lado. Alcancé a verla de reojo y una voz me dijo:

—Sujétate fuerte, Chuy; vamos, sujétate, nosotros te ayudaremos.

Con las pocas fuerzas que me quedaban, con mis últimas reservas, me sujeté de la cuerda con mi brazo derecho y con mi brazo izquierdo seguí sosteniendo a mi madre. Yo no la soltaría; o nos salvábamos los dos o pereceríamos los dos, pero no me rendiría. El tirón de la cuerda fue para mí una esperanza en medio de la tragedia que me hizo persistir. Aunque aquel momento me pareció casi eterno, el suave avance de la cuerda poco a poco nos llevó a tierra firme; mis pies se posicionaron sobre roca y supe que lo habíamos logrado.

Por unos momentos no dejé de toser, pues había dado unos grandes y terribles tragos de agua. No era tan mala, era fresca y limpia, pero yo no quería beber tanta. No quise aplicarle a mamá el mismo método de desagüe que le aplicamos a Pingüino; además, esta parte era rocosa y un golpe como aquel podía ser fatal. Solo recostamos a madre suavemente sobre aquella roca. En ese momento Joe llegó corriendo y preguntó:

—¿Qué pasó? Díganme, ¿por qué mamá estaba en el agua?

No fue necesario explicarle algo ni siquiera un poco, pues en cuanto Joe habló, mamá reaccionó y ni siquiera tosió tanta agua como yo. Solo se levantó alteradamente y abrazó fuertemente a Joe.

—Mi pequeño, mi pequeño, estás bien. Corrí a salvarte y no sé qué pasó, pero estás bien —fue lo que ella dijo.

El llamado de madre, al oír la voz de su retoño, le hizo reaccionar mejor que cualquier técnica de primeros auxilios que hubiéramos aplicado.

Luego de calmarnos todos, nos sentamos sobre esa misma roca, a un lado del río, y comencé a explicarle a mamá que, en realidad, todos nosotros sabíamos nadar muy bien.

—Sabes, madre, no hemos sido del todo honestos contigo; nosotros cuatro hemos venido varias veces a este lugar y, en verdad, sabemos nadar bien. No te lo dijimos porque sabíamos que te alterarías y te preocuparías mucho.

—Pues no me agrada el hecho de que lo hayan ocultado. Pero lo más importante es que, en este momento, todos estamos bien. Tal vez después que lo piense mejor en casa les aplicaré alguna disciplina, pero por ahora estoy bien.

—¡Madre, perdónanos, por favor! —suplicamos todos juntos.

—Está bien, los perdono, pero si tienen más secretos ocultos deberán decírmelos.

—Está bien —coincidimos todos.

Tuvimos que admitir algunas otras cositas que no diré. Fue difícil admitir que nuestra obediencia no había sido como ella pensaba. En ocasiones, madre les presumía a sus vecinas acerca de lo obedientes que eran sus hijos, pues más de una vez le escuchamos decir:

—Mis hijos son súper obedientes, yo nunca sufro para que ellos sigan las órdenes que les digo.

Realmente nos sentimos muy mal por no haberle dicho la verdad en su debido tiempo. Nos hubiéramos evitado todo este embrollo. Eso me enseñó una gran lección: es mejor decir la verdad, con inteligencia, pero decir la verdad, que ocultarla y después meternos en líos más grandes y aún hasta peligrosos.

De cualquier manera, todos estábamos con vida. Una vez más la había librado por muy poco.

—¿Por qué me pasa esto a mí? Y tan seguido —me volví a preguntar.

En verdad que no sé la respuesta; solo sé que siempre debo hacer lo correcto, aunque sea difícil.

Luego de aquella muy necesaria charla familiar junto al río, nos levantamos, nos abrazamos, algunas lágrimas rodaron de nuestros ojos y caminamos hasta donde nuestra manta y nuestra comida esperaban. Llegamos justo a tiempo, pues un ejército de hormigas negras estaba a punto de conquistar nuevo territorio: nuestras tierras del refrigerio. Un minuto más y la merienda hubiera sido invadida. Joe y Mike se encargaron de mover todo y frustrar aquella invasión.

Comer y sentarnos serenamente fue lo mejor que pudimos hacer, pues al comer otro poco sentí que las fuerzas otra vez volvían a mí.

Después de comer y de caminar para bajar la comida, claro está, convencimos a mamá de que nos mirase nadar en el río. Pensé que eso sería una especie de terapia que le ayudaría a vencer su miedo, pues los traumas son difíciles de vencer. Ella se resistió mucho, pero al final, entre los cuatro la convencimos. Lentamente, al ver que el agua no era un peligro real para nosotros, el miedo se le fue y nos gritaba con emoción para animarnos a seguir disfrutando del bello río y del soleado y perfecto día.

Al atardecer, cuando las sombras de las montañas en derredor de Nacozari comenzaban a cubrir el terreno y el calor del sol ya no nos abrigaba al salir del río, supimos que era tiempo de regresar a casa. Cuando el sol no nos cobijaba, al menos durante unos minutos, tiritábamos de frío; luego, madre corría a abrigarnos con las toallas que ella había cargado, porque nosotros ni siquiera habíamos pensado en eso.

Al llegar a casa, ya sobre mi suave cama, mientras el sueño se apropiaba de mí, un pensamiento seguía presente:

«Una vez más me he librado de morir. ¿Cuántas veces he estado cerca? Ya van muchas. No sé si un día de estos, no tan lejano, si sigo metiéndome en problemas no seré capaz de librar mi vida. Eso no lo sé; de lo que sí estoy seguro es que todas las veces que he estado en peligro ha valido la pena. Ayudar a otros es algo que ha valido, vale y valdrá la pena».

Después de ese pensamiento no recuerdo más; me quedé plácidamente dormido.

7

Por los abuelos

—Hijos, necesito que por favor me ayuden. Los abuelos han llegado desde Hermosillo para vivir permanentemente con nosotros. —Eso fue lo que nos dijo mamá un cierto día mientras yo iba llegando de mi trabajo.

Mis tres hermanos ya habían crecido bastante. Ellos solos podían ayudar a los abuelos a cargar todo su equipaje, así que no fue necesario que yo acudiera en esta ocasión. Por cierto, eran bastantes cosas que cargar, sin duda que la abuela cargaba cachivaches de más. Si tienen una abuela, lo más probable es que estén de acuerdo conmigo. Todo mundo sabe cómo son las abuelas y cómo acumulan objetos y recuerdos de los que luego decimos:

«Ay, abuela, ¿para qué conservas tanta cosa?». Pero ellas las consideran útiles y eso es lo que cuenta. Si para ellas tiene valor, eso es suficiente.

Cuando los abuelos cruzaron la entrada de la puerta, me conmoví en extremo. Hacía un trío de años que yo no los miraba y, en esta ocasión, me parecieron tan diferentes, en especial el abuelo. Él se veía bastante cansado, su cabello era blanco, blanco, casi como la nieve. Su cuerpo, que antes era tan firme y lleno de fortaleza, ahora estaba jorobado y aún se le dificultaba caminar. Pero era mi abuelo, mi gran abuelo y el único que me quedaba.

—Chuy, ¿cómo has estado? —me preguntó con una voz bastante ronca, un poco débil, pero noble.

—He estado muy bien —le respondí. Y antes de que pudiera decirle cuál era mi trabajo en la mina, él mismo me dijo:

—Sé que trabajas en la compañía minera, también sé que no hace mucho ayudaste a rescatar a un par de mineros.

—¿Cómo sabes todo eso, abuelo?

—Cartas, hijo, muchas cartas que tu madre nos ha enviado y en las cuales nos ha platicado todas tus hazañas.

Por mi parte, solo le lancé una mirada a mi madre, pues antes le había pedido que por favor no hablara esas cosas. Todo eso me causaba una cierta pena, aunque yo sabía que no era algo malo; pero no me gustaba ser el centro de atención. Madre solo se sonrojó y yo le devolví una sonrisa para que supiera que de ninguna manera estaba enojado con ella.

Muchas cosas más platicamos en aquel encuentro, largo y tendido. El abuelo había llegado. Él era quien me había enseñado muchas de las cosas que yo sabía. Entre muchas otras cosas más, él me enseñó a montar caballo, además siempre me explicaba detalles que yo no sabía acerca del desierto. Pienso que fue gracias a él que aprendí a tener valor y enfrentar a rivales como el viejo Harry, que a estas alturas, después de tantos años, ya estaba viejón. En este último año, hubo ocasiones en que lo provoqué e intenté que corriera detrás de mí, pero ya no lo hacía. Solo me miraba, bufaba flojamente y se volvía para comer lentamente o se tiraba en el suelo, como deseando mejor una serena siesta. En fin, el buen Harry ya era todo un venerable anciano de abundante experiencia. Para su bien, sus dueños no lo habían enviado a mejor vida, al menos todavía.

Mi abuelo era muy importante para mí, era mi viejo y yo sabía que debía cuidarlo. No importaba lo que fuera necesario hacer. Cuando yo era niño, él muchas veces cuidó de mí. Fueron repetidas ocasiones en que lo miré aplastándole la cabeza a alguna terrible serpiente de cascabel. También lo miré sacando un par de alacranes venenosos de adentro de su casa; bueno, cuando los llevaba hacia afuera ya no eran venenosos, porque él, haciendo uso de una vara y su grande y afilado machete, les cortaba el aguijón que estaba al final de sus curveadas colas y, una vez fuera el peligro del veneno, los tomaba con las manos y los echaba fuera, donde generalmente los aplastaba.

Así había sido mi abuelo: valiente, esforzado, trabajador, todo un ejemplo para mí.

Pero ahora aquí estaba, necesitado de cuidado, aunque nunca lo admitía. Con gran terquedad y esa voz gruesa y firme, él decía:

—Yo puedo cuidarme solo, déjenme, yo puedo lograrlo. No necesito que hagan todo por mí.

Era cierto que él había sido un hombre en extremo esforzado, pero ahora necesitaba de nosotros y, de cualquier manera, así es la ley de la vida. Los grandes cuidan pacientemente de los pequeños, y cuando esos pequeños crecen deben cuidar muy pacientemente de los grandes, o al menos eso deberíamos hacer.

Yo, por mi parte, tuve que seguir trabajando duramente en la compañía minera. Cuando me ascendieron un poco, llegué a ser fogonero. Era un trabajo bastante fácil, al menos para mí, pero aun así no quise quedarme cómodo y relajarme ahí para siempre. No me gustan los trabajos por lo fácil, sino porque aprendo y porque me ofrecen un reto que me hace seguir vivo y animado. Al ser fogonero, muy silenciosa y atentamente, sin llamar la atención, me propuse aprender cómo es que funcionaban las máquinas de ferrocarril. Puse atención a cada detalle: cada palanca, cada indicador, tiempos, temperaturas y todas esas cosas que los maquinistas hacían ver tan fácil y que a la vez debe saber un experto de las máquinas ferrocarrileras. Yo sabía que, si primero aprendía todo lo necesario para dirigir bien una de aquellas máquinas, un día podría ascender y llegar a ser un verdadero maquinista. Hasta ese día, ningún conocido mío había sido maquinista; todos los que dirigían alguna de las máquinas eran desconocidos extranjeros, de diversos países, pero extranjeros. Yo estaba seguro de que también yo podría aprender a conducir uno de aquellos interesantes armatostes, así que silenciosamente eso hice, pero no se lo dije a nadie. La oportunidad llegaría, estaba seguro.

Uno de aquellos días, al llegar a casa, encontré un ambiente bastante triste. Todos estaban muy silenciosos. Me sospechaba muchas cosas, pero mejor pregunté a mi madre.

—¿Qué pasa, madre? ¿Por qué están todos tan serios? Ella me respondió:

—Es por tu abuelo, hijo, está muy mal, ya casi ni quiere comer. Este día solo se la ha pasado dormido y no quiere hablar con nosotros.

Entonces decidí acercarme serenamente a la habitación en la cual estaba el querido abuelo. Solo una cortina lo separaba del resto de otra de las habitaciones. El sol casi no entraba a aquel recinto, así que estaba bastante oscuro. Me acerqué, me senté en una silla a un lado de él y le hablé con voz suave.

—Hola, abuelo, acabo de llegar del trabajo. ¿Cómo estás?

Cuando lo saludé, él se movió un poco, lo cual me hizo sentir que me escuchaba, así que decidí no dejar las cosas para después, porque quizá no habría un después, y comencé a agradecerle por todo lo que me enseñó e hizo por mí. Le dije:

—Abuelo, quiero agradecerte por todo lo que me has enseñado. Bien recuerdo aquella primera vez que monté un caballo; fue porque tú me enseñaste. Yo no tenía ni idea de cómo ponerle la montura, pero tú me enseñaste. Cuando me subí, aquel caballo quería irse por donde él decidiera, pero tú me enseñaste que debía ser firme, que el equino estaba a mi servicio y no yo al suyo. Así que, después de batallar un poco, logré controlarlo y obedeció muy bien. Desde entonces me encantó montar a caballo y lo seguí haciendo allá en Hermosillo y otro poco aquí en Nacozari.

Tampoco podré olvidar que tú me enseñaste a trabajar arduamente y sin pereza. Todas las veces que yo me quedaba contigo y con mi abuela, tú me levantabas a las cinco de la mañana. Eso era difícil para mí en aquel tiempo, pero ahora comprendo que fue muy bueno. Ni siquiera había salido el sol, pero tú ya estabas de pie y me animabas (no quise decirle que me obligabas, no era la ocasión) para ir a trabajar.

También fue gracias a ti que me interesé en las máquinas y me nació el sueño de ser ferrocarrilero. Bien recuerdo que un día me llevaste a conocer el ferrocarril que corre de Hermosillo a Guaymas. Esa fue la ocasión en que me nació el sueño de ser un maquinista, y aún lo sueño; sueño con ser un gran maquinista. Gracias, abuelo, gracias por todo.

Después de aquella melancólica charla, el abuelo se quedó profundamente dormido. Madre y la fiel abuela estaban tan cansadas que también se quedaron dormidas. Y mis hermanos, ni se diga, los tres eran bastante dormilones.

Algo de lo mejor que viví cerca de mi abuelo fue haberme sentado a escucharle hablar sus historias de antaño. Él podía durar horas hablando y hablando sin parar. ¡Qué memoria tan increíble! Sabía fechas, nombres de personas, lugares y un sinfín de datos curiosos, todo con una precisión asombrosa. Ah, y sin leerlo en algún libro, todo de memoria.

Decidí que, mientras pudiera, cuidaría del abuelo y, en efecto, así fue. Cada día, al salir del trabajo, yo me acercaba al abuelo y pasaba al menos un par de horas intentando hablar con él. Aunque ya casi no podía hablar, así que se limitaba a echarme una mirada perdida y luego se quedaba quieto, como invitándome a seguir narrándole aquellas viejas anécdotas que vivimos juntos.

—Sabes, abuelo, agradezco mucho todo eso. No fui mucho tiempo a la escuela, pero tú fuiste, sin duda alguna, junto con papá, mi gran maestro.

Pasaron algunos días así. Muchas veces, mientras estaba sentado al lado del abuelo, me quedé dormido y no me daba cuenta sino hasta un par de horas después, cuando despertaba y comprendía lo que había pasado. El cansancio de todo el día de trabajo, luego ir y ayudar a mamá con algunas cosas de su restaurante, después cuidar al abuelo. Todo ello comenzaba a hacer mella en mi cuerpo y noté que, cada vez más seguido, me quedaba dormido o bien me daba un sueño contra el cual tenía que luchar como un pez contra el anzuelo. La mayoría de las veces logré vencer, pero no me resultaba fácil lograrlo.

Para ser más precisos, fueron tres meses que viví de esa manera, cuidando al abuelo. Hasta que uno de esos días llegué del trabajo sumamente cansado, como de costumbre. Me senté a un lado del abuelo y vi que su mirada estaba más perdida que nunca. Al cabo de unos minutos me quedé dormido sobre la silla. Desperté a altas horas de la madrugada y, por lo que vi, mi cuerpo reaccionó rápidamente. El sueño se disipó en un instante. El abuelo miraba fijamente al frente, sus ojos estaban tan abiertos, pero su respiración era lenta y a cada segundo más silenciosa. En aquella noche sin ruidos, donde cada pequeño sonido se expande y se escucha diez veces más fuerte que como se escucha durante el día, la respiración del abuelo se desvaneció. Poco a poco se fue. Simplemente no importaba qué tanto intentase hacer por él, era su tiempo y yo no lo podía detener. El abuelo, mi maestro, mi consejero y amigo, se había ido. Su tiempo había llegado.

El funeral fue algo rápido. No había tanta familia que esperar; más bien solo había que hacer los preparativos, tales como avisar a la autoridad, colocarlo en un cajón de madera, cavar un hoyo en la tierra en el camposanto del pueblo y simplemente, después de todos los detalles religiosos, ir a sepultarlo.

Lo extrañaremos, pero también todos en casa aceptamos su partida, pues así es la vida. No se trata solo de vivir muchos años imponiendo nuestra voluntad sobre los demás o aplastando a otros para yo sobresalir; se trata de servir, se trata de ser útiles para ayudar a los demás.

Unos cuantos días después, nuestra abuela, la querida abuela de la cual también tengo grandes recuerdos. Al igual que una flor cuando el sol cae con toda su fuerza sobre ella y a la vez no ha recibido suficiente agua, comenzó a marchitarse. Sus ojos perdieron su brillo, sus brazos y piernas entregaron la fortaleza que una vez habían tenido, su ánimo decayó, pues su viejo, su querido y amado esposo, ya no estaba con ella. Recuerdo que en ocasiones se molestaban el uno con el otro, se gritaban un poco, se dejaban de hablar, pero sin duda se amaban y, luego de tranquilizarse, seguían adelante caminando juntos por la vida. Pero ahora que el fiel compañero de su vida no estaba, ella tampoco deseaba estar y pocos días después, treinta días para ser exactos, ella también partió de este mundo.

Por mi parte, también pude descansar más. Cuidar tantos días al abuelo y otros pocos días a la abuela me había mermado bastante mis energías, pero aquí estaba, el mismo Chuy de antes, listo para esforzarse y tratar de ganar un lugar como maquinista; ese era uno de mis sueños. Los días pasaron y…

—Madre, madre, tengo excelentes noticias —le grité a mamá mientras llegaba corriendo a mi casa en aquel día—. ¡Me ascendieron a maquinista, por fin soy maquinista!

—¡Qué gran logro, qué emoción, hijo! Tu sueño se ha hecho realidad —fue su emocionada respuesta.

8

Un día diferente

Hubo un día de aquellos que amaneció radiante. Tuvimos una suave lluvia por la noche y un bello sol por la mañana, quizá como ningún día antes en mi vida. Además, fue uno de esos pocos días libres que tenía en mi trabajo y no apuraba ningún otro asunto pendiente. Fue perfecto para salir a la naturaleza. En esta ocasión pensé en ir solo, pues cuando invito a alguien, algo sucede y tengo que correr en su rescate. En fin, quise aprovechar esta ocasión para descansar y despejarme solitariamente.

Una semana atrás, el muy reconocido don Cástulo, al verme pasar frente a su casa, me dijo:

—Eh, Chuy, cuando quieras pasear a caballo, solo avísame, tengo uno muy bueno y manso que acabo de adquirir, lo traje desde el poblado de Cumpas.

—Lo manso es lo de menos. Yo no le tengo miedo a los caballos, aunque… creo que tampoco ellos a mí, pero he logrado hacer buen equipo con algunos de ellos y me gusta mucho montar —le respondí—. Y sí, con todo gusto, cualquier día de estos vengo para que me lo preste.

Y así resultó que aquella oferta me cayó como lluvia a la tierra de cultivo. El día estaba dispuesto y me apresuré a ir por aquel caballo. Cuando llegué, resultó ser un caballo colorado de tamaño mediano, nada impresionante, pero eso sí, tenía una mirada firme. Lo ensillé y lo preparé para un día de paseo por los montes. Caminamos a buen trote por una hora, luego divisé un buen árbol, grande y frondoso, estaba perfecto para una siesta. Bajé del buen corcel, lo até con una buena cuerda, me recosté y puse mi sombrero sobre mi cara, eso me cubriría un poco más la luz. Pero ahí fue que, de nuevo, llegaron los problemas, nadie me dijo que este caballo tenía miedo a las ardillas. ¿Cómo es posible que un enorme y poderoso equino se amedrente con unas insignificantes, tímidas y pequeñas ardillas? Pues resultó que sí. Además, el frondoso árbol que elegí parecía ser el supermercado del bosque, pues no había una o dos ardillas, sino varias. Al mirarlas, el caballo comenzó a moverse como loco de un lado a otro. Sin querer, pues no pienso que fuera su intención, me enredó la cuerda con la cual lo até en la bota derecha y también yo comencé a retozar de un lado a otro, tironeado por esa cuerda. También pude notar que la cuerda lastimaba al caballo y que, de seguir así, terminaría causándose gran daño a sí mismo. Yo tenía que decidir entre dejarlo libre y correr el riesgo de regresar caminando hasta el pueblo, liberándolo para que no se hiciera daño, o bien, esperar a que se calmara e intentar así conservarlo.

La situación se empezó a tornar peligrosa, pues cuando reaccioné casi recibo en mi cara un par de golpes de pezuña con excelentes herraduras. Por más que le grité «¡oh, oh!», no se aquietó. Aquel caballo seguía en su frenesí, entonces no tuve más opción que tomar mi fiel navaja y cortar la cuerda. No me dejaba en paz la idea de que muy probablemente el caballo correría como loco y tendría que volver a pie. Yo había venido a descansar, no a cansarme más.

Pues… así fue, en cuanto se vio libre, aquel caballo corrió desbocado y yo me quedé desamparado. Si eso hubiera sido todo, no me habría sentido tan molesto, pero resultó que, en mis corajes, tomé una roca y la lancé hacia arriba y, vaya suerte, casi golpeé a una ardillita. No fue tocada por la roca, pero eso la hizo caer y fue justo sobre mí. La tierna ardillita, que en aquel momento me pareció malvada y perversa, me aplicó una fina mordida en la mano izquierda. Fue muy pequeña, pero hasta ahora no entiendo por qué fue tan dolorosa.

Un grito más poderoso que el bufido de Harry o el silbido del tren salió de mi garganta. Extrañamente, una de mis reacciones fue mirar a todos lados, para asegurarme de que nadie me había visto. Parece que en aquel momento me importó más la vergüenza que el dolor.

En mi solitaria dolencia, lo mejor que se me ocurrió hacer fue ir hacia el río, beber una poca de agua y tratar de calmarme.

—Tranquilo, Chuy, has estado en peores situaciones, no te alteres. Esta dificultad pasará —me repetí a mí mismo, tratando de controlar la situación mientras bebía grandes tragos de agua.

Para mi buena suerte, el aterrorizado caballo salió de entre una arboleda y también se acercó a beber agua al río. Ahí estaba, ya más tranquilo y, al parecer, arrepentido de su mal comportamiento, pues me permitió acercarme y tomarlo de las riendas.

Tuve que mirarlo de frente y hablar con él:

—Escúchame bien, caballo, yo no soy tu dueño, pero estás a mi cargo. ¿Por qué les temes a unas pequeñas e insignificantes ardillas? Tienes que fijarte en lo que haces y pensar en el bien de los demás, no solo en ti mismo.

No sé si me entendió, pero varios señores del pueblo acostumbran decir que los caballos entienden más que muchas personas (no todas, vuelvo a aclarar), y yo estoy muy de acuerdo con esa idea.

Luego de aquel traqueteo, decidí comer mi almuerzo y dejar al caballo pastar un poco. Eso sí, esta vez me aseguré de que no hubiera ardillas cerca.

Después, me quité las botas y relajé mis pies en la arena y el agua del río, fue un descanso grande. Entonces sí, decidí reponer mi interrumpida siesta, me recosté y de nuevo coloqué mi sombrero sobre mi cara. Cuando desperté, miré al cielo; una buena cantidad de tiernas nubes blancas desfilaban delante de mis ojos como un enorme rebaño de ovejas. Las ramas de los árboles, con sus miles de hojas, se mecían lentamente y daban un buen toque de paz. En los alrededores, una buena cantidad de pájaros se escuchaba cantar, había gran variedad de trinos. Fue así que al fin disfruté de aquel día.

No siempre había peligros y cansancio que enfrentar, también hubo tiempos en los que tuve quietud y descanso, gracias a los cuales pude reponer fuerzas para seguir.

No supe bien cuánto tiempo pasé ahí dormido, pero fue algo así como un par de horas. Entonces, luego de mi contemplación, decidí levantarme, montar y regresar a casa.

«¡Ay, Chuy! Llevas otra situación peligrosa en tu historial, esta vez por un tímido caballo», pensaba en mi sereno cabalgar.

Pero así es la vida, llena de riesgos los cuales hay que enfrentar sin pensar solo en ti mismo. Considera a otros, Chuy, de eso se trata la vida, considera a otros. Hora de volver a casa y volver a montar, no a un caballo, sino a una rugiente y poderosa máquina de tren. Ánimo, Chuy.

El tiempo se me fue rápido, pues iba sumido en mi pensamiento. Cuando menos me percaté, ya estaba entre las calles del pueblo.

—Don Cástulo, aquí le traigo su fino caballo —le dije en cuanto llegué y mientras el reconocido habitante caminaba lentamente por su patio.

—¿Cómo se portó este bello animal, Chuy? —me preguntó orgulloso de su más reciente adquisición.

—Pues… ¿qué le diré? ¿Sabía usted que este caballo le tiene miedo a las ardillas?

—No, no lo sabía. ¿Cómo va a ser eso posible? No me estés cuenteando, Chuy —me dijo con esa voz gruesa y marcada que delata a un auténtico vaquero norteño.

—Pues es la verdad, pero de ahí en fuera es un excelente corcel. Solo cuídese de las ardillas y todo va a estar perfecto.

—Todavía no te creo, Chuy, pero ya lo averiguaré después.

Es extraño cómo suceden algunas cosas, aún no las puedo explicar, pero sucedió en el preciso momento en que don Cástulo se negaba a creer la timidez de su caballo, que una ardilla apareció en mi ayuda. Corría con su cola levantada por sobre el tejado de las caballerizas y, en cuanto el caballo la miró, se alteró e intentó huir, cosa que no pudo lograr, pues don Cástulo lo tenía bien sujetado y, para bien de todos, la ardilla desapareció pronto.

—No pues… ahora sí que ya te creo, Chuy. Tienes razón. Algo debe haberle pasado en algún momento de su vida. Quizá cuando era potrillo lo mordió alguna ardilla. Eso es lo más probable —dijo con toda su experiencia.

—Pues tal vez eso fue, pero por ahora, muchas gracias por prestarme su caballo, don Cástulo, estoy contento de haber vivido este día, hasta luego.

—Que te vaya bien, Chuy.

Caminaba a casa con toda calma, disfrutaba de un bello atardecer casi tan radiante como lo había sido por la mañana, aunque este era más rojizo debido a la abundancia de nubes perfectamente alineadas cual soldados profesionales; a tales nubes las llamamos arreboles. Continuaba en mi contemplación cuando… ¡oh, sorpresa! O mejor debería decir ¡oh, bellísima y maravillosa sorpresa! Mientras bajaba por el escalonado de una de nuestras muchas pequeñas callejuelas, una joven cuyo descanso correspondía a estar tranquilamente sentada en uno de aquellos escalones se levantó, giró ciento ochenta grados (pues escuchó que alguien venía en descenso) y… mis ojos jamás habían visto rostro más cautivador y bello. Una leve sonrisa de cortesía apareció hacia mí, aunque yo era un perfecto desconocido. Desde aquel momento, que fue capaz de detener el tiempo y todo lo demás que sucedía a mi alrededor, supe que mis ojos no verían a alguien igual, aun cuando llegara a buscar en el rincón más lejano del universo. Mi corazón se agitó de una desconocida pero maravillosa emoción que no se puede explicar. Hubo un sentimiento puro, noble e inocente cuyo fluir deseaba que nunca terminara.

No fui capaz de cruzar alguna palabra, pues quedé más eclipsado que el caballo cuando miró a las temidas ardillas, aunque mi situación fue por una dulce y burbujeante emoción de alegría y no por un miedo. Solo devolví la sonrisa (eso es lo que pienso, quizá en realidad mi boca se quedó semiabierta y ni siquiera fui capaz de percibirlo), proseguí con mi camino, pero desde ese día busqué incesantemente volver a mirarla. Mi búsqueda fue como un sediento en el desierto, como quien tiene el mapa del tesoro y sabe que en verdad existe. Con el paso de unos cuantos días encontré su dirección, la cual no estaba muy lejos de mi casa; poco después supe que su imborrable nombre en mi mente era María.

Aquella tarde en que la miré por primera vez, el tiempo avanzó, pero yo no lo pude notar. Luego llegué a casa, era tiempo de pensar, escribir y soñar. Ni siquiera quise comer. El apetito huyó de mí, solo tenía hambre de seguir añorando, hasta que de pronto recordé que al día siguiente… debía ir a trabajar. Pero esa noche mi sueño fue muy grato. Me imagino que saben el porqué.

9

Por todo el pueblo (presagio)

Llegar a ser maquinista fue mi gran sueño, pero ahora que lo tenía, faltaba demostrar por qué era mi gran sueño. Y qué mejor manera de demostrar mi gran pasión que haciendo bien mi trabajo. Así que puse toda mi diligencia y empeño en hacer bien lo que me correspondía, no era necesario más, así pasaron un par de años.

Pues bien, resultó que un día, mis jefes decidieron premiarme, nunca lo busqué, solo hice mi parte.

—Chuy, ¡te has ganado un viaje a San Luis Missouri! Todo está pagado y podrás ir a la gran feria del ferrocarril. —Fue la noticia que me dieron un día en que me pidieron entrar a la oficina del jefe.

Yo no podía creerlo, pero así fue, San Luis Missouri fue mi destino, un paseo por algunos días fue el palpitante premio que no busqué pero que llegó. Preparé mis maletas y… llegó el momento de partir. Una nueva experiencia me esperaba y yo ardía de emoción, aunque también tenía temor, pues se trataba de otro país, otro idioma, otras costumbres, otra cultura y, prácticamente, un mundo que yo desconocía casi por completo.

Cuando llegamos a San Luis Missouri y vi aquella feria fue algo emocionante, sentía que una corriente de agua pura y fresca de manantial fluía por mis venas y hasta se me fue el habla por unos segundos. Nunca en mi vida había yo visto tantas máquinas de tren. Las más modernas del mundo estaban ahí. Grandes personalidades, que en realidad eran desconocidas para mí, se pavoneaban por todos lados de aquella feria. Deben saber que no fui el único al que la compañía premió, pues hubo otros compañeros que también ganaron el tan codiciado por pocos y, a la vez, desconocido premio para la mayoría. Así que mis compañeros y yo, aunque nos sentíamos pequeños comparados con aquellos grandes personajes, decidimos solo andar y no llamar mucho la atención. Bueno… eso intentaba hasta que ocurrió lo inevitable.

—¡Gran concurso de maquinistas, demuestra por qué eres un apasionado del ferrocarril! Ese anuncio apareció y se escuchó por todas partes, aunque estaba en inglés y, la verdad, yo no entendía mucho, solo un poco. Pero lo bueno fue que un amigo, el Alán, uno de mis compañeros, sí sabía bien el idioma, así que nos tradujo al resto del grupo. Entonces todos mis compañeros comenzaron a decir:

—Ándale, Chuy, anímate. Tú puedes, Chuy, eres el mejor maquinista.

—No, ¿cómo piensan que yo voy a competir contra esos gigantes expertos de las locomotoras? ¿Qué les pasa?

La insistencia fue tanta que no pude más con la presión, así que acompañado con el Alán fui y me inscribí. El concurso trataba acerca de arrancar una máquina desde cierta distancia, luego llegar en el menor tiempo posible a un punto indicado y, por último, frenar con la mayor maestría posible sin causar averías. No resultaba asunto sencillo, sin duda alguna que la mayoría de los maquinistas tenía más experiencia que yo. ¿Quién era este pequeño sonorense, desconocido y humilde para vencer a esos experimentados hombres de gran colmillo ferrocarrilero?

Aunque por momentos me sentía arrepentido de haberme inscrito, ya no podía retractarme. Yo era un hombre de palabra y no me echaría para atrás. Los nervios me devoraban solo de pensar y pensar. Casi pasé la noche en vela intentando hallar una buena estrategia para la competencia. Lo único permitido era llevar un compañero que se encargaría de ayudar a alimentar el fuego y así lograr la potencia requerida. En este caso, elegí como compañero al buen Alán, ya que sabía inglés, y eso ayudaría para entender en caso de alguna instrucción especial; además, era un tipo musculoso, así que aunque su trabajo en la mina no era de fogonero, bien podría resistir el ritmo de la atizada. Mi buen amigo José aguantaba perfectamente el ritmo de atizar a la máquina, pero él no estaba aquí.

Fue en aquella ocasión que nació un dicho que repetíamos insistentemente en Nacozari y decía: «A falta de José, búscate un Alán que te eche la mano».

El momento de la competencia llegó, mis manos, pies y, en realidad, todo mi cuerpo temblaba, aquello era demasiado para mí. Comencé a sudar a chorros, pero ya estaba ahí. Lo peor que podía hacer era retirarme sin siquiera haber iniciado.

—Es tu turno, Chuy, acaban de mencionarte —me dijo Alán, un tanto nervioso—. Espero apoyarte bien, tú sabes que mi trabajo en la mina es más administrativo que técnico.

—Tú no te me achicopales —le dije con firmeza—. Al fin de cuentas, nada perdemos.

Pues bien, subimos a la máquina, era un modelo bastante similar al que yo usaba allá en Nacozari. No tendríamos mucha dificultad en comprender el «para qué» de cada palanca o indicador. El problema era que no conocía bien el camino y lo que menos deseaba era provocar un descarrilamiento o algún tipo de tragedia.

—Vamos atizándole al caldero, así cuando nos den la señal, tendremos suficiente pucha para arrancarnos —le dije a Alán.

Comenzamos un poco lentos, al menos eso sentí yo, pero fuimos entrando en calor, mientras la porra sonorense se escuchaba a unos metros de distancia de la máquina.

—¡Vamos, amigos! ¡Viva México! ¡Échele, mi Chuy, no se rinda!

Toda esa clase de expresiones y otras (un poco fuera de lugar y que no quiero mencionar) se escuchaban, era la manera en que nuestros compañeros de viaje trataban de animarnos, aunque en realidad nos ponían más nerviosos, pero intentaban de buen corazón hacer su parte.

Llegó el momento, la máquina comenzó a rodar. Alán seguía atizando. Yo me apropié de los controles. Emití un silbido ferrocarrilero dando un tirón suave al cable que colgaba de un lado y que conectaba con el silbato, luego una gran algarabía mexicana se escuchó. Seguimos avanzando y comenzamos a tomar buena velocidad.

—*Hey*, ¡esta máquina sí responde bien, después de todo no es tan lenta! —le dije a Alán.

Pero me esforcé por no desconcentrarme. La velocidad siguió fluyendo y aumentando. Recorrimos la distancia reglamentaria. Llevábamos buen ritmo, corríamos muy bien, el aire se sentía fluir por nuestras caras y a la vez nos despeinaba. La máquina era excelente y hacía bien su parte. Alcancé a notar que la indicación de que debíamos comenzar a frenar estaba frente a nosotros.

—Alán —grité—. No atices más, es tiempo de maniobrar el frenado.

Liberé la transmisión, tiré la palanca de frenos hacia atrás, pero lo hice de manera suave y precisa. Por momentos sentía que esa máquina y yo conectábamos bien y teníamos una misma meta, hacer bien nuestro trabajo. Mi meta nunca fue ganar, sino aprender, divertirme y disfrutar de aquella gran oportunidad que recibí en un país extraño para mí.

El momento se presentó, intenté precisar el tiempo exacto del frenado profundo y… así fue, aquella máquina no me decepcionó, o quizá yo no la decepcioné a ella, no lo sé, nunca se lo pregunté porque yo no hablo bien el inglés y esa máquina era norteamericana. Lo cierto y evidente es que hicimos un buen frenado y terminamos. Silbidos, aplausos y gritos se escucharon por parte de los asistentes, quienes contemplaban todo aquel espectáculo cómodamente sentados en unas bellas gradas y a una prudente distancia. Yo sentí que no hice nada especial, sino simplemente aquello que siempre hacía, con el mayor de mis gustos, pues, como ya lo he dicho antes, ser maquinista era un sueño cumplido.

Alcancé a notar que los otros competidores, los cuales permanecían de pie a un lado del punto de llegada, hicieron una gran cara de asombro y murmuraban disimuladamente entre ellos. Alán y yo nos bajamos del tren, alzamos nuestras manos y saludamos a toda la gente con el brazo y la mano en alto.

—Buen trabajo, Alán, gracias por toda tu ayuda —le expresé a mi buen compañero de competencia. Él solo dijo: «Fue divertido y cansado, pero lo mío son los asuntos de oficina. Aunque, de vez en cuando, invítame a pasear en la máquina de Nacozari», con una expresión alegre y nerviosa.

Después de aquello pude ver cómo otros maquinistas hacían su participación. Su profesionalismo era evidente y solo pensé que un día me gustaría ser tan bueno como ellos y dominar con tanta facilidad el conducir una máquina de tren. Para mí era todo un festín observar a aquellos grandes. Era un verdadero banquete de aprendizaje y emoción estar ahí.

Ya por la tarde, al terminar las participaciones, por todas partes se corrió la voz de que en un momento darían a conocer el nombre del ganador. Alán tradujo para todo el equipo de mineros de Nacozari.

—Con el mejor tiempo y las mejores cualidades de arranque, conducción y frenado de la máquina…

Con una voz de emoción y con un volumen bastante bueno, y en español, se escuchó…

—Desde Nacouzari, Sonoura, Méksico, el *ganadour*, Jesús G.

Mis compañeros gritaron y se emocionaron más que yo. No lo podíamos creer. ¿Cómo era posible que yo hubiera vencido a gente tan experimentada como aquellos hombres?

Sentí que era un sueño, un grato sueño que tenía la oportunidad de disfrutar. Me costó trabajo aceptarlo, yo no fui para allá a ganar concursos, solo fui porque me regalaron el premio, pero sí que era una bendición extra. Solo miré hacia el cielo, cuyo color azul despejado y claro me inspiró aún más, y agradecí por aquel momento.

Un par de días después volvimos a casa, a nuestro bello pueblo, no era una gran metrópoli, tampoco contaban con tantas modernidades, pero era nuestro. Mis compañeros, al igual que yo, lo amábamos, en especial a su gente.

Cuando volvimos a nuestra rutina habitual de trabajo, todo marchaba bien. Un día un compañero me preguntó:

—Oye, Chuy, ¿qué fue lo más difícil en esa competencia de maquinistas?

—Pues, yo pienso que fue el frenado. Si una máquina se arranca bien es muy bueno, pero a pesar de todo no hay tanto movimiento y, por lo tanto, no hay mucho peligro, pero una vez que está avanzando a su velocidad promedio o a un ritmo acelerado, el peso de todo el tren es demasiado y frenar se puede convertir en un asunto de vida o muerte. Espero que nunca tenga que hacer uso de habilidades tan profundas.

Haber mencionado el asunto de la importancia del frenado de un tren pareció haber servido para vivirlo. Ya saben, de esas veces que nunca te pasa algo, pero el día que lo mencionas resulta que tienes que pasar por ahí y vivirlo.

Resultó que un día, la carga que los operadores impusieron sobre el tren, en un regreso de Pilares a Nacozari, fue demasiada, excesiva, una locura; solo que yo no lo supe, pues la premura del tiempo y la distracción de otro sinfín de cosas que hablar con los jefes no me permitieron percatarme de aquello. Iniciamos el camino, la máquina comenzó el descenso hacia Nacozari de manera leve. Sin embargo, pronto me di cuenta de que se aceleraba un poco más de lo común, decidí no imprimir tanta velocidad desde la máquina, pero aun así poco a poco la velocidad fue aumentando. Eché un vistazo breve hacia los vagones y entonces lo supe. La carga era demasiada. Algunos de los trabajadores muchas veces habían intentado hacer eso, pero yo me opuse con firmeza, pues permitir aquello era como no valorar la vida propia ni las de otros, pero ya era demasiado tarde. El tren siguió, intenté frenarlo con suavidad, pero ya nos encontrábamos en la pendiente más pronunciada de todo el trayecto, así que si aplicaba los frenos con demasiado rigor, podría dañarlos y sería peor, pero si no imprimía un poco de freno, podríamos sobrepasar el final de la vía y estrellarnos contra un peligroso almacén. Solo tenía una oportunidad de aplicar los frenos y tendría que ser con una precisión de esas que llaman milimétrica, o peor aún, en esta ocasión tendría que ser micrométrica.

Apliqué toda mi atención al trayecto, recordé un poco el emocionante concurso que gané en San Luis Missouri; pero ahora era real, era necesario librar este suceso, no para ganar un concurso, dinero o fama, sino para cuidar vidas.

Frené poco a poco, el pueblo apareció delante de mis ojos, la gente que por ahí se veía no advertía el peligro. Yo solo debía hacer lo mío y asegurarme de que nadie se diera cuenta de la complicadísima situación. El final de la vía apareció frente a mis ojos, pensé que era el momento de aplicar con fuerza el resto del frenado. Si algunas piezas se dañaban y había que reemplazarlas, no importaba, solo había que cuidar dos cosas: que el tren no se torciera como un gusano debido al freno de la máquina o al peso de los vagones delanteros, y que no sobrepasáramos el final de la vía. Veinte metros, quince, diez, nueve, ocho, siete, seis, cinco, cuatro… El tren frenó, solo nos quedaron cuatro metros de margen para no adentrarnos en un peligroso almacén. Respiré, descansé, mi color volvió y, aunque la mayoría de la gente solo escuchó un terrible rechinido de frenos, unos pocos se dieron cuenta de la catástrofe que por muy poco se había evitado. Una vez más, había librado mi vida y la de muchos otros. ¿Qué seguiría? No lo sé, solo haré bien la parte que me ha sido encargada. Cada día que viva me esforzaré por hacer bien mi parte. Cuando el aire de la vida se encuentre en peligro fugaz, solo seguiré adelante.

10

Por todo el pueblo

Contarnos acerca de su viaje a San Luis Missouri, así como de aquel accidente que evitó cuando se sobrecargó el tren y por muy poco alcanzó a frenar, fue lo último que mi querido hermano Chuy pudo escribir en su diario de aventuras. He de decirles que no mucho tiempo después ocurrió esto que estoy a punto de contarles y que él ya no pudo escribir. Soy Lorenzo, al que todo mundo llama Pochicho, y con abundantes lágrimas en los ojos les digo que esto fue lo que sucedió aquel día en que el corazón, literalmente, nos estalló por dentro.

Ese día, Chuy no estaba obligado a ir a trabajar; de hecho, era su día libre de la semana y también se merecía un descanso, pero con toda aquella vitalidad, ánimo y disposición de servir, ¿quién pudiera haberlo detenido? Así era su estilo. Esas son las cosas que nosotros no podemos comprender, pero que inevitablemente debemos aceptar. Ese día yo estaba medio dormido aún, apenas si con muchos gritos me había despertado, así que al disiparse mi último sueño reaccioné un poco y alcancé a escuchar que alguien de la compañía llegó aceleradamente, tocó a nuestra puerta y dijo:

—Eh, Chuy, el jefe pregunta que si puedes ir a ayudar hoy. El maquinista de turno se reportó enfermo y no se presentó, y como todos sabemos que tú casi nunca te enfermas, que eres el más sano de todos nosotros, pues… el jefe me envió para preguntar si quieres ir a ayudar para operar una de las máquinas.

—¿Cuál máquina es la que necesita operador? —preguntó Chuy.

—Pues… no estoy muy seguro, pero pienso que es la que todo mundo llama «quinientos uno», pero en realidad es la número dos —respondió aquel hombre.

—Seguro que sí —dijo Chuy, con una emoción en su cara—. Solo dame unos minutos, me alisto y llegaré.

—Muy bien, Chuy, le diré al jefe que ya vienes en camino. Allá te esperamos.

Él muy difícilmente diría que no a algo que le producía tanto gusto. Es parecido a cuando a muchos les preguntan si quieren otra rebanada de ese delicioso pastel y solo han comido un pedazo pequeño. Es difícil decir que no. Así era Chuy; para él, conducir una máquina de ferrocarril era todo un deleite.

Yo solo pude medio captar las cosas debido a mi somnoliento estado, pero a la vez sabía que Chuy amaba su trabajo y que pocas personas en el mundo disfrutan de su labor tanto como él. La mayoría de las personas solo se quejan de su trabajo y sueñan con encontrar otro empleo que supuestamente será mejor. Chuy no; a él le encantaba su oficio de maquinista. Él nunca se jactaba de su lugar como ferrocarrilero, al menos nunca lo mencionó abiertamente en las pláticas de amigos o familia, pero por ahí se decía que él fue el primer maquinista mexicano que existió en toda la historia, pues todos los demás que antes de él ocupaban ese anhelado puesto eran extranjeros. Él tuvo conciencia de eso, pero nunca lo presumió.

En aquella mañana, Chuy no tardó mucho en alistarse: se dio un buen lavado de cara, se puso su uniforme que le distinguía como operador de máquinas, tomó un rápido desayuno y, con toda la actitud de un verdadero trabajador, se fue a realizar su oficio.

Madre se sentía verdaderamente inquieta esa mañana, como nunca antes lo había estado; era ese inescrutable instinto de madre que le fluía en toda su sangre. Pero Chuy, al verla tan preocupada, con esa típica voz humilde y capaz de transmitir una cierta paz, solo le dijo:

—Tranquila, madre, no te angusties, todo estará donde debe de estar…

Luego, para no preocuparla más, le cambió el tema y le dijo:

—¡Ay, querida madre! Con lo apurado de este asunto, ni siquiera hubo tiempo de pensar en preparar un buen lonche para llevar, pero yo estimo que tendré un suficiente tiempo libre al mediodía y vendré a comer algo. ¿Te parece bien, madre?

—Me parece perfecto, me dará mucho gusto que vengas a comer al mediodía, pues esta inquietud que traigo no me dejará en paz sino hasta que te vea llegar a casa, hijo.

Esas fueron las amables y tiernas palabras de doña Rosa, nuestra querida madre.

En cuanto Chuy llegó a su puesto, para comenzar de inmediato y asegurarse, preguntó:

—¿Cuál de las máquinas es la que voy a operar este día? ¿Es verdad que será la número dos?

—Así es, Chuy, la número dos —fue la simple respuesta que escuchó de parte de su jefe.

Y, como era su estilo, alegre, bromista y diligente en el trabajo, simplemente saludó a la distancia al buen fogonero José, se ajustó los guantes y se puso a trabajar. El trabajo del día consistía en llevar material desde el pueblo hasta la mina para que los trabajadores pudieran continuar con su imparable labor de extraer minerales.

—Ocho kilómetros, mi estimado José —dijo Chuy al acercarse a aquel fiel acompañante, que no era el único, pero sí uno de los que viajaban con él a bordo del tren—. Es una pequeña vuelta desde aquí hasta Pilares, pero tendremos que dar algunos recorridos para suministrar todo el material necesario.

—Pero este era tu día de descanso, Chuy. ¿Por qué viniste a trabajar?

—El operador extranjero se reportó enfermo y el jefe me pidió relevarlo.

—Pues yo no esperaba verte hoy por aquí. Nadie me dijo que el maquinista de turno estaba enfermo, pero siempre me da gusto que estés aquí; en verdad que trabajo mejor contigo que con el extranjero. No es que sea mala persona, solo que no le entiendo bien a su pronunciación tan extraña en español y termina desesperándose un poco conmigo, porque a veces no sé qué es lo que me quiere decir. Él pronuncia palabras como: «*Hey*, Jousé, ponele más carbón a lo máquina, ello necesitamos más color». Entonces yo pienso:

¿quiere más color negro o quiere pintar la máquina de otro? Además, yo no me llamo Jousé.

—Ten ánimo, José, pronto va a aprender más y va a pronunciar mejor su español; no hagas lo mismo de desesperarte con él como él se desespera contigo.

Las vueltas del día iniciaron y la primera fue muy temprano y rápida. También hacía algo de frío, pues ya comenzaba a acercarse el invierno; las nubes comenzaban a mirarse gruesas, como una gruesa cobija de lana de oveja un tanto sucia, nubes grises que abarrotaban todo el cielo de Nacozari, pero no importaba: había que trabajar.

Todo transcurría más o menos normal; aparte de las nubes y el fresco aire, todo era un día de trabajo común. Se llegó la una de la tarde; para entonces ya se habían dado dos vueltas hasta Pilares con mucho material.

—Es hora de comer, mi estimado José. Descanse un rato, reponga sus energías y luego le seguimos. Mientras usted come tranquilo, yo correré hasta mi casa para disfrutar de la exquisita comida que prepara mi madre; nunca se sabe cuándo será la última, así que no pienso desperdiciarla.

Al menos eso fue lo que su compañero de equipo y leal súbdito, José, mencionó. Además, le pareció extraño que en aquella ocasión se hubiera dirigido a él en un lenguaje tan formal, hablándole de «usted».

Un leve momento después de que Chuy partiera a casa para comer, llegó un anuncio:

—«Se precisa de una mayor cantidad de material en la mina, en especial de dinamita: ciento sesenta cajas, más sus detonadores. Será necesario agregar más vagones cargados al tren».

Eso fue lo que algunos comenzaron a cargar sobre los vagones, mientras Chuy corría a buen trote hasta su casa para así poder comer allá, tal como lo había prometido a su madre. Con su juventud y su ánimo, aquella corrida fue solo diversión, aunque fuera con botas de trabajo; era algo motivante para él. En una ocasión, Gusabio dijo haberlo visto pasar sobre la calle; dijo que se miraba extraño, pues correr con botas hace que la persona se vea como una especie de pato acelerado o algo así.

Todo aquello que me contó José demostraba haber sido cierto porque, sin yo haber preguntado algo antes, Chuy llegó corriendo a buen ritmo hasta la casa, tal como lo mencionó José y como lo dijo el buen amigo Gusabio. No es que Chuy tuviera mucha prisa de regresar al trabajo; él sabía que tenía tiempo suficiente para comer y volver; más bien, corrió porque así era su estilo alegre, enérgico y lleno de vida. Chuy siempre le imprimía ánimo y vida a todos sus quehaceres.

—Aquí estoy, madre, tal como lo prometí. Tú tranquila y sírveme un trío de tus exquisitos tamales; ¡ah!, también agua de tuna, por favor.

Luego de comer, madre se encontraba más preocupada que antes; el instinto maternal le fluía más fuerte que en la mañana, así que le insistió que, por favor, no se fuera, que no trabajara más por ese día.

—Hijo, algo no me deja estar en paz. Quisiera, pero por más que lo intento no lo consigo.

Chuy consoló a mamá insistiendo:

—No te preocupes, madre, solo faltan dos viajes más; eso es todo por hoy. Luego, sin más tardanza, estaré en casa. Ten por seguro que estaré en casa.

No muy convencida, pero sí resignada, madre aceptó aquellas palabras. Hay momentos en los que respiramos un incomprensible aire de paz e inquietud profundamente mezclados y, de alguna manera, sabes que sin importar lo que pienses o la ciencia o técnica que utilices, no puedes cambiar las cosas; solo queda agradecer y aceptar los hechos.

El cielo seguía profundamente oscuro; un viento suave, con repentinas rachas que nos estremecían, soplaba continuamente. Nadie dudaría que una gran tormenta se acercaba. En aquel momento, yo pensé que quizá era la densidad de aquellas abundantes nubes grises las que hacían sentir ese ambiente tan tenso y extraño. Que quizá aquello era lo que inquietaba tanto a mamá.

Al regresar al trabajo eran las dos de la tarde. Chuy y José notaron que mientras ellos comían, los otros compañeros habían dejado disminuir la intensidad del fuego y que sería necesario alimentarlo más para obtener la fuerza necesaria que movería aquella enorme máquina. Como el estilo de ambos, tanto de Chuy como de José, era ser esforzados en su trabajo, al igual que como lo hace una hormiga, ellos hicieron un doble esfuerzo y avivaron el fuego. A ese ritmo pronto tendrían la presión necesaria y así fue. La máquina, esa inconfundible número dos, comenzó a avanzar.

Pero aquel momento llega: de un segundo a otro las cosas cambian. Chuy mira hacia el escape de la máquina y detecta un gran problema que ya antes alguien había reportado, pero que los encargados del mantenimiento solo lo habían ignorado una y otra vez. En el tubo de escape, la malla que contenía la salida de brasas de la caldera estaba rota y algunas pequeñas chispas comenzaban a fugarse por ese pequeño pero suficiente hueco. Para colmo, mientras Chuy había ido a comer, los trabajadores que se quedaron a cargo de ensamblar los vagones tuvieron la perezosa idea de enganchar justo detrás de la máquina aquellos vagones cuya carga estaba hasta el tope de dinamita. Según las reglas, jamás debía hacerse así, sino que los vagones que cargaban dinamita debían ir siempre hasta el final; en caso de problemas con la caldera, se tendría así una distancia mayor con aquel peligroso ajojo.

Todo aquello es difícil de explicar, de asimilar y nada simple de aceptar, pero de pronto, en ese momento incontrolable, el viento sopló con una extraña y mayor fuerza y algunas de aquellas diminutas chispas, avivadas por el abundante oxígeno, cayeron justo sobre las cajas de dinamita. Las cajas eran de madera muy seca, así que las ardientes y rojizas brasas, alimentadas por el viento que soplaba incesante, solo obedecieron a las leyes de la física e hicieron su trabajo natural: encendieron las cajas de madera. Todos los compañeros de viaje intentaron desesperadamente apagar las llamas que ardían sobre aquel vagón, pero fue en vano. El viento permanecía incontrolable en hacer su trabajo de avivar las llamas y, a cada segundo, las volvía más fuertes y más intensas. En medio de la desesperación que se comenzaba a transmitir de unos a otros, alguien gritó:

—¡Agua, traigan agua!

Aunque la idea era buena y muy lógica, resultaba un intento inútil. El río llevaba buen caudal, pero estaba muy lejos; nadie lograría traer agua desde allá a tiempo.

Luego llegó el momento que, al igual que una gran roca en medio de una planicie, sobresale en todo su derredor y es imposible no notarla; ese momento que nadie olvidará y que, no importa cuántos años transcurran, seguirá en las memorias y no dejará de ser contado una y otra vez por muchas generaciones.

No había tiempo para consultas, no había tiempo para planear; solo se debía actuar y hacerlo con rapidez. Chuy sabía que si aquello llegase a explotar causaría una enorme cantidad de muertes, pues la cantidad de dinamita era excesiva y aún estaban demasiado cerca del pueblo. Es seguro que en su pensamiento apareció su amada prometida, pues vivía bastante cerca del lugar en que esto sucedió. Entonces hizo lo único que se podía hacer; no había más opciones. Sin detenerse y sin dudar, avanzó y dirigió la máquina hacia las afueras del pueblo. Aquello iba a estallar, eso era seguro; el momento no lo podría cambiar, pero el lugar sí. Intentaría que tal estallido sucediese a la mitad del camino entre Nacozari y Pilares, donde no habría gente o, al menos, no tanta. Con voz firme y sin titubeos ordenó a todos los compañeros que saltaran del tren; nadie quedaría arriba sino solo él y su buen amigo y compañero de trabajo, José.

—Vamos, hay que hacer que esta máquina avance más —ordenó Chuy a José.

Así, en un esfuerzo desesperado pero bien determinado, atizaron una mayor cantidad de carbón a la máquina para que tuviera suficiente impulso. Una vez que lograron aquello, Chuy le ordenó a José:

—¡Vamos, salta, no puedes quedarte aquí! Yo saltaré en un momento más.

—No, Chuy, déjame a mí, yo la llevaré más allá. Yo estoy solo en este mundo y tú tienes familia.

José era todo un compañero valiente, mayor aún que un tal Sancho Panza en ayuda de un famoso don Quijote.

—No, vamos, José, es una orden. En cuanto la máquina esté en el sitio adecuado para continuar sola, yo saltaré también.

Al final, la firmeza, el mando y la tenacidad de Chuy prevalecieron y José dio un impresionante salto que lo colocó en tierra; sufrió algunos golpes fuertes, pero estaba a salvo.

—Vamos, Chuy, vamos, salta, salta. —Fueron las palabras que José repetía en su mente y anhelaba que sucedieran dentro de su alterado corazón.

Solo observaba a la distancia y, mientras intentaba refugiarse para el inevitable momento y así protegerse de alguna esquirla o un gigante trozo de metal, con lágrimas en su corazón seguía repitiendo dentro de sí: salta, Chuy, salta.

Sobre la máquina número dos, Chuy colocó todo en posición para poder saltar; solo cincuenta metros más y la máquina podrá seguir por sí misma, solo cincuenta metros más…

Si las cosas son como muchos dicen que sucede en esos momentos, entonces Chuy debió haber mirado hacia atrás y, seguramente, pudo observar su bello pueblo. Por su mente, en menos de un segundo, empezaron a correr grandes recuerdos: su niñez en su natal Hermosillo, su traslado para comenzar a vivir en Nacozari, sus años de escuela, las travesuras y vagancias que él y sus amigos tramaban y llevaban a cabo una y otra vez, sus grandes aventuras explorando y sobreviviendo, varios rostros de la gente del pueblo a quien gustosamente saludaba cada día, los indefensos de la escuela, su madre y sus queridos hermanos; Harry, el bovino, apareció fugazmente por ahí; su querido sobrino recién nacido; pero, principalmente, su muy amada y prometida María, que con ansias esperaba su tan planeada y próxima boda…

De pronto, todo queda en un extraño ruido que instantáneamente, para Chuy, se transforma en silencio. La imagen de su padre y sus abuelos, quienes tiempo atrás habían partido, se hizo más clara, más brillante y más presente; a pesar de lo que sucede a su alrededor no hay sonido alguno, solo una especie de potente burbuja que inunda y barre todo a su paso, cuyo sentimiento se volvió sumamente fugaz. Chuy deja de percibir todo aquello que nosotros aquí percibimos, pues sus sentidos ya no reaccionan más. A partir de ese instante, nada más se puede explicar, pero un día, sin lugar a dudas, estaremos ahí también.

Para quienes estábamos de este lado de la vida, sonidos impresionantes y ensordecedores se escucharon, uno tras otro. Las casas se estremecieron con una profundidad aterradora y nunca antes vivida. Los edificios y aún la misma tierra tiemblan también, y varios vidrios explotaron estruendosamente; aún los más protegidos se resquebrajaron. Una enorme cantidad de fragmentos, en forma de inusual y horrenda lluvia de metal, comenzó a caer por doquier. La máquina número dos y sus vagones desaparecieron casi por completo. Un enorme e inconfundible cráter indicaba el punto exacto de la explosión. Personas que se encontraban a varios kilómetros de distancia aseguraron haber escuchado el estallido.

Eran las dos con veinte minutos pasado el meridiano. La mayoría de la gente del pueblo se quedó atónita por unos segundos o quizá minutos; nadie en el pueblo tenía idea de lo que había ocurrido, hasta que aquellos compañeros de trabajo de Chuy, que estaban al tanto de la emergencia, comenzaron a correr la voz acerca de lo sucedido. El miedo se vio reflejado en las caras de los habitantes de Nacozari. Madre se sintió más inquieta que nunca; las fuerzas se le fueron, presintió lo peor y, con las pocas fuerzas que le quedaban, se sentó en una silla para no desmayar mientras intentábamos tranquilizarla. La noticia llegaría a sus oídos algunos minutos después y le confirmaría sus más grandes y terribles temores.

El comisario, junto con algunos de sus hombres, se apresuró al lugar de la explosión; encontraron algunos muertos y varios heridos que, infortunadamente, pasaban por ahí o que realizaban sus labores del día.

Se encontró un cuerpo casi imposible de reconocer. De no haber sido por esas botas que le caracterizaban tanto, difícilmente hubiésemos sabido que aquel hombre que yacía desfigurado y sin vida era el mismísimo Chuy. El buen amigo de muchos, el defensor de los más débiles, el amable hijo, el esforzado y diligente trabajador, el gran hermano y, ahora, simplemente el héroe de Nacozari. Ahí estaba, sin vida, pero había salvado muchas. Ese era su deseo y su manera de vivir. Estoy seguro de que, de haber sido posible, nunca hubiera cambiado su decisión. Él hubiera seguido firme en su determinación de salvar la mayor cantidad de vidas que le fuera posible.

El cielo siguió gris, más gris que nunca, y comenzó a llover; no una simple lluvia, sino una torrencial, lo cual añadió una mayor profundidad y más nostalgia al dolor que ya de por sí se sentía tan fuerte y tan oscuro.

Mientras el cuerpo del héroe de Nacozari era llevado, colocado en un ataúd y, un par de horas después, velado en aquella noche fúnebre acompañada de lluvia, José, su fiel amigo y compañero de trabajo, gemía, lloraba y repetía una y otra vez:

—«Esta noche, hasta el cielo llora».

Lo dijo varias veces y nadie diría que no tenía razón.

11

Un legado digno de imitar

Durante un tiempo las preguntas no dejaron de fluir por mi cabeza y la de muchos otros más.

—¿Por qué le tenía que pasar esto a él? ¿Por qué ese día el encargado no fue y él tuvo que relevarlo? ¿Por qué esos hombres acomodaron mal la carga existiendo tantas reglas de seguridad? ¿Por qué, si solo faltaban cincuenta metros? ¿Por qué, si solo tenía veintiséis años y estaba comprometido?

Pero conociendo a Chuy, hay una pregunta que no puedo evitar: ¿qué hubiera pasado si Chuy salta y abandona la máquina antes de asegurarse de que la explosión sería lo más lejos posible del corazón de Nacozari? Según mencionaba el humilde fogonero y fiel amigo José, Chuy dijo lo siguiente:

—No puedo soltar la palanca, la máquina debe avanzar, este camino es de subida y si la suelto, con su mismo peso regresará y será mucho peor, debo seguir… Tú debes saltar y yo lo haré después.

Casi en cada ocasión en que José narraba esta historia, lloraba y lloraba mucho. Hubo ocasiones en que prefería retirarse y después de unos cuantos minutos volvía con sus ojos hinchados y rojizos. Él estuvo más cerca que cualquier otro y por ello tantos le hacían preguntas.

Aunque solo podemos hacer suposiciones y nada quedará completamente demostrado, es altamente probable que hubiera ocurrido una tragedia de dimensiones catastróficas. Cierto, varias personas murieron y hubo dolor en algunas familias, pero ¿cuánta angustia, dolor y muerte evitó Chuy? Estoy seguro de que fue mucho más de lo que se perdió. La inevitable catástrofe hubiese sido mucho mayor si él no tomaba aquellas heroicas decisiones.

Solo nos queda el recuerdo; esa grandiosa, irremplazable y respetable memoria del gran Chuy.

Según dijo el sabio comerciante don Emilio, que ya en ese tiempo era muy mayor y llevaba sobre sí más de ochenta años, lo que siempre sucede en estos casos es lo siguiente:

—Cuando alguien que hizo algo bueno por otros muere, todo mundo habla bien de él o ella y se le reconoce como un gran héroe, pero en vida, ¡ayayay!, mejor no hablemos porque seguramente sería juzgado con crueldad.

Muchos suponemos que si Chuy hubiera sobrevivido, lo hubieran llamado a investigación y quizá hasta la cárcel hubiera ido a dar, pero como él ya no está entre nosotros, todos hablarán bien de él y todos lo recordaremos como lo que siempre, sin buscar serlo, fue: un héroe real.

Pero, para mí, hubo un fiel amigo, un valiente, un héroe no reconocido, precisamente porque él sí sobrevivió. Ya lo conocen, su nombre fue José R., el fiel ayudante fogonero. Hace unos días que partió de esta vida, tampoco está con nosotros ya.

Pero ahora que lo pienso bien y que soy capaz de analizar mejor las cosas, Chuy nunca hubiera logrado avanzar el tren sin la ayuda de este héroe, pues él fue el valiente que permaneció casi hasta el final ayudándolo a lograr la meta.

José siguió siendo un fogonero toda su vida, jamás lo ascendieron de puesto. La empresa minera nunca le reconoció su acto de heroísmo y su valor. Pero él no buscó gloria ni fama, solo siguió siendo fiel en su trabajo. Para mí, él también fue un héroe real, de esos que hacen falta en este mundo.

Y qué decir de María. ¡Ay, María! Solo unos meses pasaron para cuando ella, al igual que un río que deja de recibir su provisión de lluvia, se secó y no hubo palabras, acciones o recuerdos que la hicieran volver a brillar. Su vida se fue, su ánimo se apagó por completo, pues su gran deseo era estar con su amado, con quien ya tenía preparativos para casarse bien y derecho, como debe ser. Su mayor momento de tristeza fue cuando yo le entregué un poema que estaba escrito en el diario de Chuy, el cual decía:

Para ti

No es necesario decir mucho
pues hallar a una virtuosa como tú, fácil no es.
Hay algo que no cambio y lo he dicho,
que soy dichoso cuando tú me ves.

No siempre sé comprenderte
aunque feliz quiero verte.
Aún me falta mucho por conocerte
pero quiero aprender y alegrarte siempre.

Quiero ser quien cuide de ti desde ahora en adelante.
Por el resto de tu vida cuidarte y amarte.
Sé que solo soy un ferrocarrilero
pero si es necesario por ti muero.

Si en el jardín hubiera un millón de flores
es fácil encontrarte, pues sobresales aún de las mejores.
Debes saber que eres amada.
Eres la flor de este mundo salvada.

Tu nombre es María.
A mí me dicen Chuy.
Quiero ser para ti un destello de luz
y que seas tú la alegría de mi vida.

Para mí también ella fue una heroína real, pues pocas personas tienen tanto amor por quien será su compañero de vida. Últimamente he visto que no se cumplen las promesas hechas en el altar y que casarse es casi cosa de juego y no se toma con seriedad.

Junto con aquel poema encontré estas palabras que dicen: «La vida es efímera, breve, como una nube que toma cierta forma y en unos cuantos minutos se ha desvanecido, o bien, no queda nada de su forma anterior. La vida es casi como un suspiro, un suave viento que pasa, así que hay que vivirla bien. No seamos insensatos aprovechados de los demás, de los que menos pueden. No vivamos tratando solo de sacar una egoísta ventaja ni derrochemos todo lo bueno que hemos recibido. ¿De qué sirve eso? Nunca se sacia el corazón y, al irnos de aquí, nada nos llevaremos. Mejor vivamos primeramente considerando a aquel que diseñó inteligentemente la vida y, en segundo lugar, a nuestro próximo; eh, quiero decir, a nuestro prójimo» (así estaba escrito).

Ahora entiendo mucho mejor lo que para Chuy significaba ese verso que copió de la Biblia y que traía siempre en su vieja billetera: «Nadie tiene mayor amor que este, que uno ponga su vida por sus amigos».

Elementos reales

– El poblado de Nacozari de García, en el cual se desarrolla esta historia, se encuentra en el estado de Sonora, en México.
– Jesús García si fue real y nació en Hermosillo.
– Jesús sí tenía hermanos, pero solo hermanos mayores. Él era el menor de todos. Los tres hermanos menores aquí mencionados son personajes ficticios.
– El volcán de aire sí existe, aunque, lamentablemente, no es dado a devolver sombreros.
– Jesús García en verdad ganó el concurso de maquinistas en San Luis (Missouri).
– La explosión del 7 de noviembre de 1907 sí fue real. Aquel hecho hizo muy reconocido el nombre de Jesús García, el héroe de Nacozari, y por ello actualmente el pueblo lleva por nombre Nacozari de García.
– María sí era su prometida. Ellos nunca se casaron debido a la muerte prematura de Jesús.
– Jesús García Corona en verdad fue simplemente un héroe. Él nunca buscó la fama, solo era dado a servir.
– Se dice que durante su niñez un profesor le preguntó a Jesús acerca de qué le gustaría ser de grande. Él respondió: «Quiero ser un héroe».

Sobre el autor

Sergio Cera Gutiérrez nació el 18 de enero de 1980 en el bello e histórico poblado de Nacozari de García, Sonora (México). Desde los tres años ha vivido en el estado de Chihuahua, donde ha adquirido formación y ha desarrollado su vida laboral. Cursó sus estudios hasta el nivel universitario en la ciudad de Cuauhtémoc, del mismo estado de Chihuahua, conviviendo entre gente de las culturas mestiza, rarámuri y menonita.

Es licenciado en Educación por la Universidad Pedagógica Nacional y ha laborado por veintidós años como profesor de educación primaria en la comunidad menonita establecida en el mismo estado. También ha sido profesor de música para niños y adolescentes.

Actualmente, además de profesor en la comunidad menonita, es pastor cristiano en la comunidad rural El Porvenir de Bachíniva, del mismo estado, lugar en el que radica con su esposa, Josefina, y sus dos hijos, Sergio Sibraim y Litzy Damaris.

Una de sus frases es: «Todo profesor tiene derecho a exigir que sus alumnos escriban bien: claro, legible y ortográficamente saludable». Solo un requisito debe cumplir, hacerlo él antes que ellos. Escribir es más que una actividad obligatoria escolar, es el privilegio de expresarse sin acelerarse, con la oportunidad de corregir y de una manera tal que permanecerá indeleble por mucho tiempo.